HEINZ MONHEIM *Spezialeinsatz für Arnold 12*

Erlebte Stadtgeschichte Band 4

Herausgegeben von der
Akademie för uns kölsche Sproch

SK Stiftung Kultur

Akademie för uns kölsche Sproch

HEINZ MONHEIM

Spezialeinsatz für Arnold 12

& andere wahre Geschichten aus Köln

J.P. BACHEM VERLAG

Bibliografische Information
Der Deutschen Bibliothek
Die Deutsche Bibliothek verzeichnet diese Publikation
in der Deutschen Nationalbibliografie;
detaillierte bibliografische Daten sind im Internet über
http://dnb.ddb.de abrufbar.

1. Auflage 2003

Lithografie / Gestaltung:
Reprowerkstatt Wargalla / Hans Schlimbach AGD
Satz und Druck:
Druckerei J. P. Bachem GmbH & Co. KG Köln
Printed in Germany
ISBN 3-7616-1684-8

www.bachem-verlag.de

Bildnachweis:

Umschlag vorne, S. 63 Archiv Klaus Schiebel, Köln
Umschlag hinten Gabriele Golenia, Bergisch Gladbach
S. 13 Heinz Monheim, Bergisch Gladbach
S. 28 Stadtkonservator, Köln
S. 39 Walter Dick-Archiv, Köln
S. *79* Anton Dumm, Köln
S. 90 Alfons Kahlenborn, Pulheim
S. 108 Horst Brinkmeier, Köln
S. 123 Rheinisches Bildarchiv, Köln

INHALT

VORWORT

Als am 6. März 1945 die amerikanischen Truppen in Köln einmarschierten und dem Krieg hier endlich ein Ende setzten, lag die Stadt in Schutt und Asche. 20 000 Menschen waren bei Bombenangriffen ums Leben gekommen, fast die Hälfte aller Wohnungen zerstört. Wohl jeder Kölner kennt die Bilder: Eine verwüstete Stadt, ein Heer von Ruinen, die Hohenzollernbrücke versunken im Rhein und irgendwo ragen, fast unversehrt, die beiden Türme des Doms hervor, als Zeichen der Hoffnung und der Zuversicht. Schon am 11. März wurde zum ersten Mal nach 2 Jahren wieder eine Messe im Dom gehalten. Die Menschen atmeten auf. Es ging wieder nach vorne, wenn auch sehr langsam, wenn auch unter großen Entbehrungen und Schmerzen.

Heute ist Köln eine weltoffene, liberale Stadt. Fast jeder 5. Kölner ist ein Ausländer. Täglich kommen Tausende von Touristen in die Stadt. Der Christopher-Street-Day ist inzwischen ein fester Bestandteil des öffentlichen Lebens. Im Juni 1999 trafen sich die Staatschefs der G 8 hier zu ihrem Wirtschaftsgipfel. Die Fußballweltmeisterschaft 2006 wird teilweise in Köln stattfinden.

Gerade vor dem Hintergrund dieser positiven Entwicklung bemühen sich viele Kölner, die Erinnerung an die Zeit von 1933 bis 1945 wach zu halten. Das EL-DE-Haus am Appellhofplatz z. B. – ein NS-Dokumentationszentrum der Stadt Köln – versucht dies durch Ausstellungen und Informationsveranstaltungen. Der Kölner Künstler Gunter Demnig setzt vor Häuser, in denen Juden deportiert wurden, so genannte »Stolpersteine« zur Erinnerung in den Bürgersteig ein. Doch je mehr wir uns zeitlich von Nazizeit und Krieg entfernen, desto mehr besteht die Gefahr des Vergessens. Die Generation, die dies alles noch miterlebt hat, tritt nach und nach ab. Und mit ihr die Erinnerung.

Deswegen ist das neue Buch von Heinz Monheim eine wichtige Empfehlung. Wieder erzählt er seine Kurzgeschichten aus der damaligen Zeit ohne erhobenen Zeigefinger, nicht nur mit Zahlen und bloßen Fakten, sondern anschaulich, emotional, authentisch. Teilweise hat er sie selbst erlebt, teilweise haben Zeitzeugen sie ihm geschildert. Alle spielen sie in Köln. Bereits die ersten drei Bücher von Heinz Monheim »Die Autospringer – oder das kurze Leben des Robert Rothmann«, »Frebels Karl und neue Freunde« und »Trümmerblume oder Frebels Karl« waren in ähnlicher Weise verfasst. Diesmal schildert Monheim überdies auch Begebenheiten aus der Zeit des deutschen Wirtschaftswunders bis hin zu Erlebnissen aus der jüngsten Vergangenheit. Die genauen Ortsbeschreibungen, die Skizzierung der menschlichen Kontakte, der Ängste, Hoffnungen und Nöte ermöglichen dem Leser eine plastische Vorstellung des Geschehens in dieser Stadt. Selbst viele ältere Kölner werden in den Details noch Neuigkeiten entdecken – oder längst Vergessenes wiedererkennen.

Fritz Pleitgen

FRITZ PLEITGEN
Intendant des Westdeutschen Rundfunks Köln

DER DAVIDSTERN

Ein kalter, unfreundlicher Vorwintertag im ersten Kriegsjahr 1939. Köln lag unter einer dichten Wolkendecke, die tief herunterreichte und die Spitzen der Domtürme mit nebligen Schleiern verhüllte. Es fiel ein leichter Nieselregen, und in den Pfützen spiegelten sich die noch unzerstörten Häuser am Heumarkt. Ein böiger Wind ließ die Passanten zusätzlich frösteln und versuchte ihnen die Regenschirme, unter denen sie sich versteckten, umzubiegen oder gar aus den Händen zu zerren. An der Haltestelle der Straßenbahn warteten viele Menschen mit hochgestellten Kragen ungeduldig auf ihre Bahn, die sie aus der Nässe und Kälte heim zu ihren warmen Wohnungen bringen sollte.
Eine junge Frau hatte ihren knapp 4-jährigen Sohn dicht zu sich herangezogen und ihren freien Arm um ihn gelegt, damit er unter ihrem Schirm Platz und durch ihren Körper ein wenig Schutz vor dem Wind fand. Nicht weit entfernt von den beiden, am äußersten Rand der Verkehrsinsel, stand ein großer, schlanker Herr. Sein weißes Haar, das unter dem dunklen Hut hervorlugte und sein gepflegter, weißer Vollbart ließen sein hohes Alter erahnen. Er trug einen dunklen Anzug und einen langen, schwarzen Tuchmantel. Der elegante Schnitt sowie die Qualität der Stoffe zeigten, dass diese Kleider von einem erstklassigen Maßschneider hergestellt worden waren. Vom Bowler bis zu den teuren Schuhen war die Erscheinung dieses Mannes voller Würde. Es war eine vornehme Würde, voller Zurückhaltung, ohne Arroganz und Überheblichkeit. Aus seinen wachen Augen, die vorsichtig die umstehenden Leute beobachteten, leuchteten Lebenserfahrung und Weisheit.
Der kleine Junge wand sich aus dem Arm seiner Mutter und ging zu dem alten Herrn hinüber. Er stellte sich vor ihn und schaute mit weit zurückgebeugtem Kopf zu ihm hoch. Dabei lächelte er den Mann vertrauensvoll an. Der lächelte zurück. Eine Weile schauten sich die beiden an, dann blinzelte der Alte dem Kind freundlich zu. Der Junge versuchte es ihm

nachzumachen, und es sah lustig aus, wie er dabei beide Augen zukniff, weil er noch nicht blinzeln konnte. Dann rief er: »Hallo« zu seinem Gegenüber hinauf. Der Herr antwortete: »Hallo, kleiner Mann.« Der Junge legte seinen Kopf ein wenig schräg und meinte treuherzig: »Du bist lieb, du siehst genau so aus wie mein Opa, und der ist auch lieb.«
Dann deutete der Junge auf den großen, gelben Stern, den der Mann in Brusthöhe an seinem Mantel trug. Mit seiner hellen Kinderstimme rief er: »Der ist aber schön, einen so schönen Stern möchte ich auch gerne haben.«
Ein schmerzlicher, bitterer Zug ging über das Gesicht des Mannes. Er schaute ängstlich nach links und nach rechts, ehe er sich zu dem Kind herunterbeugte. Während er über den gezackten Stofflappen strich, der ihn zum Aussätzigen erklärte, sagte er mit einem seltsamen Klang in seiner Stimme: »Dies ist der Davidstern, mein Junge. Ich finde ihn auch sehr schön, und eigentlich müsste man stolz darauf sein, ihn tragen zu dürfen.«
Sanft streichelte er dem Jungen über das blonde Haar und sagte ganz leise, sodass nur das Kind ihn verstehen konnte: »Danke Gott, mein Kleiner, dass du ihn in dieser schlimmen Zeit nicht zu tragen brauchst.«
Während er dem kleinen Kerl ein weiteres Mal über das Haar strich, sagte er: »Nun lauf zurück zu deiner Mama, du wirst ja ganz nass.« Dabei sah er zu der jungen Frau hinüber, die unruhig nach ihrem Sohne schaute. In der kurzen Zeit, bevor die Frau den Kopf senkte, sah er in ihren großen, dunklen Augen Besorgnis, aber auch Mitleid und Scham.
Plötzlich kam Bewegung in die teilnahmslos herumstehenden Menschen. Ein SA-Mann drängelte sich energisch durch die Leute, bis er vor dem alten Mann stand. Er war in vollem Wichs, an seinen Kragenecken und Schulterstücken erkannte man seinen hohen Rang. Über seiner tadellos sitzenden Uniform trug er ein auf Hochglanz poliertes Koppel mit Schulterriemen. Daran hing ein Dolch, dessen Griff mit fein ziselierten Hakenkreuzen geschmückt war. Er steckte in einer kostbaren, mit Silberteilen verzierten Lederscheide. Dazu hatte der SA-Mann hohe, ebenfalls auf Hochglanz gebrachte Reitstiefel und mit Leder abgesetzte Reithosen an. Auf seinem militärisch kurz geschnittenen Haar saß, tief in die Stirn gedrückt, seine Uniformmütze und gab ihm ein drohendes, offizielles Aussehen. Er schaute eine Weile mit finsterer Miene auf den alten Mann, dann wandte er sich mit einer zackigen Bewegung zu der hinter ihm

stehenden Frau. Die hatte wieder ihren Arm um ihren Sohn gelegt und ihn fest zu sich herangezogen. Der SA-Offizier klappte die Hacken zusammen und riss den Arm zum Hitlergruß empor, ehe er die junge Mutter in amtlichem Tonfall ansprach: »Heil Hitler, Volksgenossin, dieser Jud belästigt Sie nicht mehr lange, das werden wir gleich haben.«
Ohne auf eine Antwort zu warten, machte er die gleiche zackige Wendung zurück zu dem alten Mann: »Du dreckige Judensau, was machst du hier? Du weißt doch, dass dein Platz in der Gosse ist. Hier auf der Verkehrsinsel hast du nichts zu suchen, und dass du keine arischen Bürger ansprechen darfst, hast du wohl auch vergessen.«
Der Alte hatte plötzlich Todesfurcht in seinen Augen. Mit vor Angst und Schrecken bebender Stimme murmelte er etwas von der Gefahr der vorbeifahrenden Autos und vom Schmutzwasser, das aus den Pfützen herüber spritzte.
Der SA-Bonze unterbrach ihn grob, und während er brüllte: »Halt deine Schnauze«, stieß er den Mann brutal von der Verkehrsinsel hinunter auf die Straße.
»Bitte lassen Sie den Herrn doch in Ruhe – bitte«, mischte die Frau sich mit ängstlicher Stimme ein. »Er hat uns nicht belästigt, mein Sohn ist zu ihm gegangen und hat ihn angesprochen. Der Mann konnte doch gar nichts dafür. Er hat hier niemanden belästigt.«
Das Klingeln der ankommenden Straßenbahn unterbrach das Geschehen. Der SA-Mann schaute unwillig auf die gut aussehende Frau, der er ja mit seinem Auftritt hatte imponieren wollen, und wollte auch sie zurecht stauchen. Die haltende Bahn und die aus- und einsteigenden Menschen ließen ihm jedoch keine Gelegenheit dazu. Er wandte sich mit zornigem Gesicht ab, um ebenfalls einzusteigen. Die Frau schüttelte ihren Schirm aus und folgte ihrem Sohn, den der Schaffner freundlich in den Wagen gehoben hatte. Als Letzter kam der alte Mann mit seinem aufgenähten Judenstern auf den Wagen zu. Aber dort im Eingang stand der SA-Mann und brüllte zu ihm herunter: »Hab ich mir doch gedacht, dass dieser Kerl hier mitfahren will. Wenn du Jud es wagst einzusteigen, trete ich dir so in die Fresse, dass du es nie mehr versuchen wirst.«
Als die Bahn sich wieder in Bewegung setzte, blieb der alte Mann mit versteinertem Gesicht im Regen zurück. Der Uniformierte ging von der Plattform in den Wagen hinein. In lautem, selbstgefälligen Ton sagte er: »So weit kommt es noch, dass der Jud zusammen mit uns hier mitfährt.

Die Zeiten sind vorbei, wo die sich hier aufspielen konnten. Die sollen endlich wissen, wo sie hingehören.«

Dabei stand er breitbeinig, mit im Koppel verhakten Daumen im Mittelgang der Bahn. Er erhielt keine Antwort. Die anderen Fahrgäste schauten in ihre Zeitungen oder demonstrativ aus dem Fenster. Erst die helle Stimme des Jungen beendete das peinliche Schweigen. Er war vom Schoß seiner Mutter herunter gerutscht und ging auf den SA-Mann zu, dabei rief er mit bebender Stimme: »Du bist böse. Du bist böse und gemein, ich hasse dich.«

Zu Tode erschrocken sprang die Frau auf und lief zu ihrem Sohn, hob ihn auf und ging zurück zu ihrem Platz. Sie nahm ihn wieder auf ihren Schoß, legte ihre Arme um ihn und flüsterte beschwörend in sein Ohr: »Sei still mein Schatz, um des Himmels Willen, sei still mein Kind.«

Der SA-Mann kam betont langsam drohend auf die beiden zu. Man sah ihm deutlich an, dass die Äußerungen des Jungen seine Wut entfacht hatten. In seiner Lieblingsstellung – breitbeinig und die Daumen im Koppel verhakt – stand er dann vor ihnen. Er wippte auf den Zehenspitzen und starrte die Frau böse an. Nach einer der Frau endlos vorkommenden Weile sagte er in lautem, herrischen Ton: »Da haben wir wohl Judenfreunde erwischt. Draußen an der Haltestelle verteidigt die Mutter den Jud und nimmt ihn in Schutz, und hier in der Bahn tut es der Herr Sohn. Das scheint ja eine feine Sippschaft zu sein, womöglich haben wir es hier sogar mit Volksverrätern zu tun. Man sollte solche Judenfreunde eigentlich direkt zum Verhör bei der Gestapo vorladen. Los, geben Sie mir sofort Ihre Papiere.«

Die Frau wurde leichenblass, vor Angst fing sie an zu zittern. Tausend Gedanken schossen ihr durch den Kopf. Ihr Mann war an der Front, sie lebte mit ihrem Kind bei ihren Eltern. Ihren Vater, einen überzeugten Demokraten, hatten die Nazis schon 1933 einmal abgeholt und ihn in Deutz in den Messehallen wochenlang eingesperrt. Dort war er bei den Verhören gefoltert und misshandelt worden. Er war bei den Braunen aktenkundig. Wenn man sie verhören würde, so wäre eine gleichzeitige Verhaftung ihrer Eltern die Folge. Das wäre furchtbar, denn ihr Vater hatte Jahre gebraucht, um die physischen und psychischen Schäden seiner Inhaftierung zu überwinden. Eine weitere Haft würde ihn zerbrechen. Sie stand kurz vor einer Panik. Da erklang die Stimme des Schaffners: »Lassen Sie doch die Frau in Ruhe, sie hat doch gar nichts

Seltenes Glück: Heimaturlaub

getan. Das Kind ist doch noch so klein, es versteht doch gar nicht, worum es hier geht.«

Er sagte diese Worte nicht, seinen Gefühlen entsprechend, laut und zornig, sondern leise, höflich, ja fast entschuldigend, und man roch förmlich seine Angst. Aber er war der Einzige in dem Wagen, der den Mut aufbrachte, sich einzumischen.

»Das ist auch das Höchste, was ich gelten lasse«, schäumte der SA-Mann. Dann wandte er sich wieder der Mutter zu: »Erziehen Sie Ihren Sohn in Zukunft so, dass er später einmal ein guter Volksgenosse wird. Andernfalls haben wir schnell einen Platz für ihn gefunden, wo er im Geiste unseres Führers erzogen wird.« Nach einer Weile wollte er dann noch wissen: »Wo ist eigentlich ihr Mann?«

»An der Ostfront«, kam die Antwort der Frau, die voller Angst nervös in ihrer Handtasche nach ihren Papieren suchte. Aus dem Hintergrund des Wagens rief eine Frau: »Da, wo alle unsere Männer jetzt sind.« Dabei legte sie die Betonung provozierend auf das Wort »Männer«.

Der SA-Mann merkte sofort, dass seine Frage ein großer Fehler gewesen war, er lief puterrot an. Um seine Verlegenheit zu überspielen, schrie er zurück: »Wir tragen auch an der Heimatfront unseren Teil zum Siege bei.« Er knallte die Hacken zusammen, riss seinen Arm erneut zum schneidigen Hitlergruß empor und brüllte »Heil Hitler« in den Wagen. Dann verließ er eilig die Bahn, die gerade an einer Haltestelle angekommen war.

Erleichtert legte die Frau ihr Gesicht in das Haar des auf ihrem Schoß sitzenden Jungen. Sie war noch einmal davon gekommen. Der SA-Offizier hatte sich ihren Pass gar nicht mehr angesehen. Lautlos begann sie zu weinen. Ihre Tränen, die das helle Haar des Jungen dunkel färbten, hatten verschiedene Ursachen. Es waren Tränen des Zornes gegen die Willkür des Nazibonzen. Es waren Tränen des Mitleides mit dem so gedemütigten Juden. Aber es waren auch Tränen der Scham, weil sie nicht den Mut hatte, sich gegen diese Methoden zur Wehr zu setzen.

DIE BRIEFTRÄGERIN

Vorsichtig zog die junge Frau ihre Wohnungstür ins Schloss und versperrte sie sorgfältig. Dann nahm sie ihren 8-jährigen Sohn bei der Hand und ging durch den langen, nur schwach beleuchteten Flur auf die Haustüre zu. Sie bemühte sich, keinen großen Lärm zu machen, denn es war erst kurz vor 7 Uhr und die anderen Hausbewohner schliefen noch. Den Jungen brauchte sie nicht zur Ruhe zu ermahnen, denn der war noch sehr müde. Wie im Halbschlaf trottete er still neben seiner Mutter her.

Jeden Morgen gegen 6 Uhr hob ihn die junge Frau aus dem Schlaf. Dann half sie dem immer wieder einschlafenden Kind beim Ankleiden. Wenn sie in der Nacht wegen Fliegeralarm in den Keller gemusst hatten, war es besonders schwer, ihn wach zu bekommen. Sie hatte dabei keine Hilfe. Denn seit den ersten Kriegstagen war sie alleine mit dem Jungen. Wie alle Männer im wehrfähigen Alter, hatte man auch ihren Mann zum Kriegsdienst eingezogen. In den letzten fünf Jahren hatte ihr Junge seinen Vater nur ein paar Mal bei dessen kurzen Fronturlauben gesehen.
Diese erste Morgenstunde lief immer nach dem gleichen Ritual ab: Erst zog sie dem Sohn ein so genanntes Leibchen an. Das waren Hemdhöschen, an denen unten Bänder angenäht waren. Immer zwei Bänder gehörten zusammen. Auf einem befanden sich mit weißem Leinenstoff überzogene Blechknöpfe, auf dem anderen waren Knopflöcher eingearbeitet. Wie bei einem Damenstrumpfhalter wurden an diese Bänder dann lange dicke Wollstrümpfe befestigt. Hinten hatten solche Leibchen einen Schlitz, damit man sie nicht auszuziehen brauchte, wenn ein bestimmtes Geschäft anstand. Diese Leibchen trugen damals alle Kinder, egal ob Junge oder Mädchen. Darüber kamen ein Hemd, ein Pullover und bis über die Knie gehende Hosen. Wenn sie mit dem Jungen fertig war, machte die Frau ihre Morgentoilette und zog sich selbst an. War sie

dann endlich so weit, war es meist höchste Zeit, das Haus zu verlassen. Sie zogen beide ihre Mäntel an. An jedem der Mäntel waren in Brusthöhe allerlei Plaketten befestigt. Die waren geformt wie Voll- oder Halbmonde, wie ein Stern oder einfach als viereckige Platten in unterschiedlichen Größen. Das war nicht etwa ein Modetick von den beiden, sondern es waren die von der Luftschutzbehörde vorgeschriebenen Erkennungszeichen. Die musste jeder, der im Dunkeln hinaus auf die Straße ging, an seiner Kleidung tragen. Sie bestanden aus mit Phosphor durchsetztem Kunststoff und leuchteten in einem hellen, grün-gelben Farbton. Die Leuchtkraft dieser Plaketten war nicht so stark, dass sie den Weg ihrer Träger beleuchtete. Sie dienten lediglich dazu, dass man von entgegenkommenden Passanten gesehen wurde. Nur so konnten schmerzhafte Zusammenstöße vermieden werden. Denn zu der frühen Uhrzeit, zu der Mutter und Sohn auf die Straße hinauskamen, waren sie von absoluter Dunkelheit umfangen. Als Schutz vor den feindlichen Flugzeugen war ein totales Verdunklungsgebot erteilt worden. Keine Straßenbeleuchtung, kein Transparent, nicht die geringste Lichtquelle erhellte die Nacht. Extra dazu ernannte »Luftschutzwarte« mussten regelmäßig durch die Straßen patrouillieren und auf die Einhaltung der Verdunklung achten. Schaute irgendwo auch nur der kleinste Lichtstrahl aus den mit Planen und Decken verdunkelten Fenstern, so hörte man sofort ein lautes »Licht aus« von der Straße schallen. Die Frau und ihr kleiner Sohn verließen sechsmal in der Woche so früh ihre Wohnung, denn die Mutter musste vor 8 Uhr im Kaufhof in Köln sein, wo sie als Verkäuferin in der Spielwarenabteilung arbeitete.

Als die zwei das Haus verlassen hatten, zog die Frau die Haustür zu, nahm ihren Jungen bei der Hand, und sie machten sich auf den Weg.
Es war der 15. Oktober 1944, dieses Datum würde als Schwarzer Donnerstag in Kölns Geschichte eingehen. Noch war es ein Tag wie jeder andere, doch das würde sich bald ändern. Was die junge Mutter nicht ahnte, war, dass sich der Tod in Gestalt von über 1000 englischen und amerikanischen Bombern ihrer Heimatstadt näherte.
Die beiden marschierten in Richtung der Straßenbahnhaltestelle an der Kalker Post. Die Frau hatte eine Taschenlampe in der Hand, die sie gelegentlich aufblitzen ließ, um sich einigermaßen orientieren zu können.
»Oh Willi, nun komm doch, mach es mir doch nicht so schwer. Die

Mama bekommt sonst ihre Bahn nicht«, musste sie ihren Sohn immer wieder zur Eile ermahnen. Denn der hing wie Ballast an ihrer Hand und ließ sich von ihr ziehen. Schließlich kamen sie an der Haltestelle an. Die Frau beugte sich zu ihrem Jungen hinunter und gab ihm einen Kuss: »Nun geh ohne anzuhalten, bis du bei Oma und Opa bist.« Dann reichte sie ihm ihre Taschenlampe. »Mach keinen Unfug damit, und wenn dir Leute entgegen kommen, leuchte ihnen nicht ins Gesicht. Halte die Lampe immer auf ihre Füße oder auf die Beine.« Ein zweiter dicker Kuss folgte, und während die Frau sich zu den anderen Menschen stellte, die auf die Straßenbahn warteten, lief der Junge die Vietorstraße hinauf, in Richtung der Großeltern. Als er einige grüne Punkte auf sich zu kommen sah, schaltete er seine Lampe ein. Wie es ihm seine Mutter gesagt hatte, leuchtete er nach unten. Es waren zwei junge Frauen, die ihm entgegenkamen, und er beleuchtete abwechselnd ihre Beine, die, der damaligen Mode entsprechend, bis weit über die Knie zu sehen waren.
Plötzlich schimpfte eine der Frauen los: »Was kommt denn da für ein Spanner? Haben Sie nun genug gesehen, oder soll es etwas mehr sein?« Nach diesen scharfen Worten blieb sie stehen und zog demonstrativ ihren Rock ein Stück empor, sodass ihre Strapse zu sehen waren. Der kleine Willi staunte nicht schlecht und beleuchtete ausgiebig die neue Aussicht. Er war ganz verwundert, warum die Frau so böse war. Er machte doch nur genau das, was seine Mutter ihm befohlen hatte.
»Jetzt reicht es mir aber«, schimpfte die Frau weiter, ließ ihren Rock wieder fallen und schaltete nun selbst eine Taschenlampe ein. Als deren Lichtstrahl auf den kleinen, sie mit treuen, ein wenig erschreckten Augen ansehenden Willi traf, waren die Frauen reichlich verblüfft. Beide begannen herzlich zu lachen. Die Frau, die ihm den neuen Ausblick beschert hatte, streichelte ihm beim Vorübergehen über den Kopf und sagte immer noch lachend: »Hallo, kleiner Mann, du fängst aber schon früh mit dem Poussieren an.«
Nach diesem Aufenthalt ging der Junge ohne weitere Verzögerung bis zum Haus, in dem seine Großeltern wohnten. Sein Großvater, Jean Beisicht, stand schon wartend in der Haustür: »Na, da bist du ja endlich. Wo bleibst du denn so lange?«
»Wir waren heute ziemlich knapp dran, und dann habe ich noch zwei Mädchen nach den Beinen geleuchtet.«
Sein Opa reichte ihm die Hand, und lachend ging er mit dem Jungen die

Treppen hinauf und rief seiner Frau zu: »Unser Casanova kommt deswegen zu spät, weil er den Mädchen nach den Beinen leuchten musste.«
Seine Oma schüttelte ungläubig den Kopf: »Was hast du gemacht?«
Unbefangen kam die Antwort. »Da kamen zwei Frauen auf mich zu, und weil Mama gesagt hat, dass ich Leuten, die mir entgegenkämen, nur auf die Beine leuchten soll, habe ich das auch gemacht. Erst waren die Frauen böse mit mir, aber dann haben sie gelacht und mir über den Kopf gestreichelt.«
Die Oma schmunzelte, und während sie dem Kleinen den Mantel und die Schuhe auszog, sagte sie zu ihm: »Na, dann hast du ja nichts Verkehrtes gemacht. Wir beide werden uns noch ein kleines Stündchen hinlegen und etwas schlafen. Opa hat versprochen, heute das Frühstück zu machen, und so können wir zwei noch ein wenig kuscheln, bis er den Kaffee fertig hat.
Schnell war der übermüdete Junge in den Armen seiner Großmutter eingeschlafen. Als er wach wurde, stand sein Opa vor dem Bett und sagte: »Darf ich die verehrten Herrschaften zum Frühstück bitten? Das Kaffeewasser singt schon lustig in seinem Kessel, und bis ihr angezogen seid, ist bestimmt alles fertig.«

In diesem Spätherbst 1944 war Köln schon von vielen Bombenangriffen stark gezeichnet. Tausende englische und amerikanische Bombenflugzeuge hatten in ungezählten Terrorangriffen riesige Wunden und Narben in das schöne, »hillige« Köln geschlagen. Die rechtsrheinischen Vororte Kalk und Mülheim bildeten dabei keine Ausnahme. Dort gab es viele Industrieanlagen. Es war das besondere Anliegen der Alliierten Luftstreitkräfte, diese Fabriken zu zerstören. Die lagen allesamt mitten in Wohngebieten, und die meisten Arbeiter und Angestellten dieser Betriebe wohnten mit ihren Familien in unmittelbarer Nähe.
In den aneinander grenzenden und ineinander verzahnten Stadtteilen lebten mehr als 150 000 Menschen. In diesem furchtbaren Wahnsinnskrieg nahm keine der Kriegsparteien, auch die Alliierten nicht, Rücksicht auf Zivilisten, auf Frauen und Kinder. General Feldmarschall Göring, Oberbefehlshaber der deutschen Luftwaffe, hatte auf Hitlers Befehl damit angefangen. Er hatte seine Bombergeschwader nach England geschickt und die englischen Großstädte bombardieren lassen. Der größte Teil der zahlreichen Opfer waren unschuldige Zivilisten. Propaganda-

minister Goebbels hatte sogar im Rundfunk mit vor Hysterie sich fast überschlagender Stimme verkündet: »Wir werden ihre Städte ausradieren.«
Die Alliierten nahmen furchtbare Rache und vergalten Gleiches mit Gleichem. Premierminister Churchill befahl seinem Fliegergeneral Harris mit »allem, was fliegen kann«, die Städte der »deutschen Hunnen« zu zerstören. Harris machte seine Sache gut, und mithilfe des riesigen Potenzials an Flugzeugen der englischen und amerikanischen Luftwaffe legte er die deutschen Städte in Schutt und Asche. Als »Bomber Harris« ist er in die Geschichte des Zweiten Weltkrieges eingegangen und steht sogar als Denkmal verewigt auf einem Platz in London.

Trotzdem ging das Leben weiter, und die Kölner versuchten, zwischen den schrecklichen Bombenangriffen so normal wie möglich zu leben. So war es auch mit Willis Familie. Alle bemühten sich, nicht an die garantiert zu erwartenden nächsten Angriffe zu denken. Im Augenblick freuten sie sich auf das gemeinsame, allerdings den Zeiten entsprechend karge Frühstück. In ihrem noch weit gehend unzerstörten Haus, in der Nähe der Chemischen Fabrik Kalk, saß dann auch bald der kleine Willi mit seinen Großeltern am Frühstückstisch. Als er sein letztes Marmeladenbrot verzehrt hatte, schaute er auf die alte Uhr, die vor ihm an der Wand hing. Es war kurz vor 9 Uhr. »Oma, ich bin fertig, darf ich raus?«
Seine Oma schaute ebenfalls auf die Küchenuhr und lächelte: »Wenn du mir jetzt noch hilfst, den Tisch abzuräumen und zu spülen, kannst du anschließend gehen. Dann hast du immer noch Zeit, deine Freundin zu treffen.«
Der kleine Willi wurde knallrot und wollte vor Verlegenheit am liebsten unter dem Tisch verschwinden. Seine Oma lachte und rubbelte ihm durch die Haare: »Brauchst nicht rot zu werden, sie scheint dich ja auch ins Herz geschlossen zu haben.«
Ihr Mann schaute lächelnd auf die beiden und schüttelte leicht den Kopf: »Ach Gretchen, mach ihn doch nicht so verlegen. Jungen in seinem Alter hegen oft schwärmerische Gefühle für erwachsene Frauen. Ich war in seinem Alter einmal unsterblich in ein Mädchen aus unserer Nachbarschaft verliebt. Die war bestimmt schon zwanzig Jahre alt, und ich war todunglücklich, als sie dann heiratete und aus unserer Gegend wegzog.«
Ihr Enkel hatte sich nämlich bis über beide Ohren verliebt. Die von ihm

Angebetete war die Briefträgerin, die in ihrem Viertel täglich die Post austrug. Er hatte es sich zur Gewohnheit gemacht, ihr des Morgens entgegenzugehen und sie dann auf ihrem Weg durch die Straße, in der seine Großeltern wohnten, zu begleiten. Die junge Frau mochte das Kind auch gut leiden, und so gab sie ihm gelegentlich einen Brief oder eine Postkarte, die er dann stolz dem Empfänger ablieferte. Mit vor Eifer roten Wangen verkündete er diesen Nachbarn dann, dass er der Ulli helfen dürfe und dass sie sehr gute Freunde wären.

Bald war die gemeinsame Arbeit mit Oma erledigt, und Willi zog sich eine Jacke an. Den Mantel mit den Leuchtplaketten brauchte er nicht mehr. Draußen war es längst hell geworden, und die Morgensonne erwärmte die schon recht kühle Herbstluft.

Nachdem ihm sein Opa noch einmal eindringlich eingeschärft hatte, dass er nicht zu weit weggehen dürfe und dass er beim ersten Ton der Sirene, die den Fliegeralarm meldete, sofort im schnellsten Lauf nach Hause kommen müsste, konnte er endlich gehen. Erleichtert sprang Willi ungeduldig die Treppen hinunter und rannte ins Freie. Dort hielt er sofort Ausschau nach dem Grund seiner Sehnsucht. Er lief bis zur Straßenecke und schaute hinauf in Richtung Kalker Hauptstraße. Noch hatte er sein Zielobjekt nicht entdeckt, und er ging langsam in die Vietorstraße hinein. Nach wenigen Schritten war er an einer hohen Backsteinmauer. Dahinter war ein Schulhof und daran anschließend ein zweigeschossiges Schulgebäude.

Die Schule war aus Ziegelsteinen erbaut und machte einen festen, massiven Eindruck. In die Mauer, die das Schulgelände von der Straße abtrennte, war ein schweres Eisentor eingelassen. Dieses Tor war wie üblich fest verschlossen, aber die kleine Pforte direkt daneben stand weit offen. Sie durfte nicht mehr versperrt werden, seitdem man die Schule zum öffentlichen Luftschutzraum erklärt hatte. Die umliegenden Anwohner mussten zu jeder Zeit, bei Tag und Nacht, ungehindert Zugang zu diesen Schutzräumen haben. In dem um die Jahrhundertwende erbauten Gebäude war bis zur Machtübernahme der Nazis die überkonfessionelle »Freie Schule« untergebracht. Die neuen Machthaber hatten diese Schulform sofort abgeschafft. Jetzt war dort eine weiterbildende Schule, an der junge Erwachsene im Sinne des »Großen Führers« erzogen wurden.

Die von der SA geleitete zivile Luftschutzbehörde hatte die Kellerräume der Schule besichtigt und fand sie sehr stabil. Sie ließ die Kellerdecken aber zusätzlich noch mit vielen kräftigen Balken abstützen. Nachdem noch schwere Eisentüren im Kellerzugang eingebaut waren, erhielten die verzweigten Kellerräume den offiziellen Titel »Öffentlicher Luftschutzraum«.

Der Großvater des kleinen Willi hatte den Keller sorgfältig in Augenschein genommen. Er war in jungen Jahren lange im Bergbau tätig gewesen und konnte somit den Ausbau fachkundig beurteilen. Sein Urteil war niederschmetternd. Er nannte die Anlage eine Todesfalle, weil deren Decken zu schwach wären und ausreichende Notausgänge fehlten. Der Keller wäre für den vorgesehenen Zweck völlig ungeeignet. Er trug seine Befürchtungen den SA-Leuten in der Luftschutzzentrale vor. Die fühlten sich in ihrer Unfehlbarkeit kritisiert und reagierten äußerst gefährlich. Sie verbaten dem Kritiker sofort, seine Meinung den Menschen mitzuteilen, die die Räume zu ihrem Schutz nutzten. Das Verbot gipfelte in der Androhung, ihn bei Nichtachtung dieses Befehles sofort der Gestapo als Störer der nationalen Abwehrkräfte zu melden. Dies würde dann gleichzeitig seine Einweisung als Volksverhetzer in ein Konzentrationslager zur Folge haben. Zähneknirschend musste Jean Beisicht sich den Forderungen der SA beugen. Aber er beschwor seine Frau mit äußerster Eindringlichkeit, niemals in diesen Kellern Schutz vor den Fliegerbomben zu suchen. Er wusste genau, warum er diese Schutzräume so ablehnte. Er hatte bei seiner Besichtigung gesehen, dass die Decken aus Tonnengewölben bestanden, die man aus Ziegelsteinen gemauert hatte. Nun ist ein Gewölbe an sich ein sehr guter Schutz gegen Druck von oben. Das beweisen Jahrhunderte alte Gebäude und die oft mehr als zweitausend Jahre alten Brückenbauwerke der Römer. Über die Gewölbe des Schulkellers hätte der schwerste Panzer fahren können, ohne sie zum Einsturz zu bringen. Aber eine Bombe übte ja keinen einheitlichen Oberflächendruck aus, sondern traf das Gewölbe an einer kleinen, eng begrenzten Stelle und würde durch die nur 12 Zentimeter dicke Ziegelsteinschicht durchschlagen, als wäre sie gar nicht vorhanden. Da Beisicht sich sicher war, dass ihm von seinen Mitbewohnern im Haus keine Denunziation drohte, setzte er sie von seinen Bedenken in Kenntnis. In gemeinsamer Arbeit schufen sie sich im eigenen Hauskeller einen etwa drei mal drei Meter großen Schutzraum. Der lag so in einer Ecke des Kellers, dass er an zwei Seiten von den fast einen Meter breiten, aus glasharten Feldbrandsteinen gemauerten Außen- und Giebelwänden begrenzt wurde. Die beiden anderen Seiten hatten sie selbst hochgemauert und in der einen eine Luftschutztür eingebaut. Zu ihrem Glück hatte ihr Haus eine massive Kellerdecke. Während die Geschosszwischendecken von Holzbalken getragen wurden, war die Kellerdecke aus Beton. Es war eine so genannte Kappendecke, die aus Eisenträgern bestand, die im Abstand von ca. einem Meter auf den Kellerwänden auflagen und so den Keller überspannten. Die Zwischenräume waren eingeschalt und mit Beton ausgegossen worden. Diese massive Decke, jetzt noch zusätzlich abgestützt durch die Wände, die sie neu errichtet hatten, war um ein Vielfaches sicherer als die Ziegeldecke des Bunkers. Den Raum hatten seine Erbauer so platziert, dass der Fluchtweg zum Treppenhaus kurz war und der Durchbruch, der zum Nachbarhaus führte, auch innerhalb ihres Schutzraumes lag. Frischluft bekamen sie durch ein Kellerfenster. Bevor sie das zugemauert hatten, bauten sie ein Ofenrohr als Belüftung ein. Das alles brachte sie in die glückliche Lage, einen guten Schutzraum zu besitzen, den sie erreichen konnten, ohne ihr Haus verlassen zu müssen.

Dann endlich sah Willi die Person, auf die er so sehnsüchtig wartete. Aus einem der Häuser kam die Briefträgerin heraus. Sie hatte dort wohl die Post ausgeliefert. Damals mussten die Postboten die Sendungen noch bis zur Wohnungstür bringen, egal, auf welcher Etage der Empfänger wohnte. Die Postbotin war noch sehr jung. Vor einigen Monaten erst war ihr 19. Geburtstag gewesen. Sie war schlank, aber ihre Figur hatte an den richtigen Stellen die femininen Rundungen, die eine Frau erst schön machen. Auf ihrem Antlitz lag ein Strahlen, in dem sich jugendliche Unschuld und erste frauliche Koketterie die Waage hielten. Ihr ebenso freundliches wie offenes Wesen hatte sie in ihrem ganzen Postbezirk beliebt gemacht. Bekleidet war sie mit der für jeden Postbeamten vorgeschriebenen blauen Postuniform. Obwohl diese Uniform einen militärisch einfachen Schnitt hatte, wirkte die junge Frau darin schick. Man konnte ohne Übertreibung sagen, dass sie einen wirklich sehr schönen Anblick bot. Sogar die zur Uniform gehörende Mütze, das so genannte »Schiffchen«, stand ihr gut, denn es saß keck und ein wenig verwegen auf ihrem Kopf. Das schulterlange, hellblonde Haar, das in weichen Wellen darunter herab fiel, liebte Willi ganz besonders. Aus ihrem schönen Gesicht, mit seinem immer fröhlichen Lächeln, leuchteten große, rehbraune Augen und bildeten einen angenehmen Kontrast zu ihrem hellen Haar.

Willi lief auf die junge Frau zu und rief mit freudiger Stimme: »Hallo Ulli, hallo Ulli.«
Ulli, die eigentlich Ulrike hieß, sah ihren kleinen Verehrer heran springen. Sie lachte ihm freundlich entgegen, beugte sich herunter und umarmte den Jungen. »Hallo Willi. Ich hatte dich schon vermisst und gedacht, dass du mich bei diesem schönen Sonnentag vergessen hättest und mit deinem Opa in eurem Schrebergarten wärst.«
Willi wurde von Glück und Verlegenheit überflutet und stotterte mit tiefrotem Gesicht: »Nein, nein, ich wollte dir doch heute wieder helfen, die Post zu verteilen.«
Ulrike freute sich über die Zuneigung, die ihr von dem kleinen Jungen entgegenschlug. So einen Sohn würde sie später gern einmal haben. Ihr Verlobter war irgendwo in Frankreich an der Front. Wenn der Krieg aus wäre, wollten sie heiraten. Dann würde sich bestimmt dieser Wunsch erfüllen, und sie würden auch bald so einen kleinen Sohn haben. Bevor sie sich wieder aufrichtete, drückte sie ihn noch einmal an sich: »Das ist ja wunderbar, wenn man so einen lieben Verehrer hat. Aber ich komme doch morgen wieder hier lang und übermorgen auch. Ich komme doch außer Sonntag jeden Tag. Du kannst mir also noch so oft helfen. Du darfst deine Oma und deinen Opa nicht so vernachlässigen, sonst sind die doch sehr traurig. Die haben dich doch auch lieb. Und ich weiß, dass dein Opa sich immer darüber freut, wenn du ihm in eurem Schrebergarten hilfst.«
»Ja, das stimmt, Oma und Opa haben mich auch sehr lieb. Opa hat mir sogar den kleinen Kirschbaum geschenkt, der neben dem Gartenbüdchen steht. Er hat gesagt, der würde nächsten Sommer zum ersten Mal Früchte tragen, und ich dürfte alle seine Kirschen alleine aufessen.«
Dann gingen die beiden lustig miteinander herumalbernd weiter und verteilten die Post.
Sie wussten nicht, dass dies ihre letzte Begegnung sein würde. Für die junge, noch am Anfang ihres Lebens stehende Ulli würde es kein Morgen mehr geben. All ihre Träume würden unerfüllt bleiben, zerstört von diesem unsinnigen, unbarmherzigen Krieg.

Sie hatten schon mehr als die Hälfte der Strecke hinter sich gebracht, die sie immer gemeinsam zurücklegten, da begannen die Sirenen zu heulen. Ohne Voralarm dröhnte gleich der nervtötende auf- und abschwellende

Dauerton des Vollalarmes in ihre Ohren. Das verhieß nichts Gutes. Es konnte nur bedeuten, dass die feindlichen Kampfflugzeuge schon so nahe waren, dass keine Zeit zu einem Voralarm mehr blieb.
Ulli nahm Willi bei der Hand, und sie liefen gemeinsam zurück. Willis Opa stand aufgeregt wartend in der Haustür und rief ihnen erleichtert zu: »Gott sei Dank, da seid ihr ja schon. Fräulein Ulrike, kommen Sie mit herunter in unseren Keller. Wir haben da noch Platz für eine zusätzliche Person.«
In diesem Augenblick verstummten die Sirenen. In der ersten wohltuenden Stille war auf einmal ein Brummen und Dröhnen zu hören, das von Sekunde zu Sekunde lauter und mächtiger wurde. Jean Beisicht lauschte und wurde blass. »Oh mein Gott«, sagte er mit bebender Stimme. »Das müssen ja Hunderte von Maschinen sein.«
Ulli, von plötzlicher Panik erfüllt, umarmte den Jungen noch einmal, drückte ihn an sich, so als wolle sie ihn nie mehr loslassen. Sie sprang auf und rief aufgeregt: »Vielen Dank für Ihr Angebot. Danke, aber ich renne lieber schnell um die Ecke in den Luftschutzkeller. Da sind wir sicherer. Kommen Sie doch auch mit, da ist noch Platz.« Dann rannte sie los. Nach ein paar Schritten hielt sie noch einmal an, drehte sich um und rief: »Kommen Sie! Los, kommen Sie doch mit mir in den Bunker, ehe es zu spät ist.«
Der Mann rief ihr fast flehend zu: »Ulrike! Mein Gott, bleiben Sie doch hier. Bei uns sind Sie viel sicherer.«
Einen kurzen Moment zögerte sie. Einige Sekunden, die über ihr Schicksal, die über Leben oder Tod entschieden, verrannen. Dann siegte ihre Angst, sie schüttelte ablehnend, mit einem verzweifelten Gesichtsausdruck ihren Kopf, drehte sich um und rannte davon.
Der Mann nahm seinen Enkel auf die Arme, einen Augenblick lauschte er noch. Das Dröhnen der Flugzeugmotoren wurde immer lauter. Mittlerweile hatte die Flak zu schießen angefangen. Laut bellten ihre Explosionen in den bis dahin so friedlichen Morgen. Jetzt wurde ein Verweilen sehr gefährlich hier oben. Darum schloss der Mann seinen Enkel fest in die Arme und rannte mit ihm hinunter in den Keller. Noch ehe er den Schutzraum erreichte, explodierten die ersten Bomben. Sie ließen das Haus schaukeln und beben, sodass die beiden fast zu Boden stürzten. Dann endlich waren sie im Schutzraum bei den anderen Hausbewohnern. Zwölf Menschen saßen sich dort auf zwei Holzbänken gegenüber.

Sie alle hatten furchtbare Angst und drängten sich schutzsuchend aneinander. Das waren die Frau Rahm aus dem Dachgeschoss mit ihrem 8-jährigen Sohn Ferdi. Ihr Mann war in der Eisengießerei Peter Stühlen auf der Frühschicht. Er war schon über 45 Jahre alt, außerdem arbeitete er in der Rüstungsindustrie, deshalb war er vom allgemeinen Wehrdienst befreit.
Frau Rahm war eine sehr furchtsame Frau. Wenn sie, so wie an diesem Tag, zusammen mit ihrem Sohn, aber ohne ihren Mann August, einen Bombenangriff erleben musste, war ihre Angst besonders groß. Das Ehepaar Klinkhammer, beide fast 80 Jahre alt, mit ihrer Tochter, der Kriegerwitwe Käthe Kautz. Der Hauseigentümer Heinrich Sanner mit seiner Frau Maria und ihrer erwachsenen Tochter Annemie. Sowie Grete und Jean Beisicht mit ihrem Enkel Willi. Dann war da noch Karina, ein etwa 17 bis 18 Jahre altes Mädchen. Sie war eine Zwangsarbeiterin aus der Ukraine, die den Sanners als Helferin zugeteilt worden war. Das Mädchen hatte es gut bei diesen Leuten und wurde von ihnen immer korrekt behandelt. Sie nahmen Karina auch bei Bombenangriffen mit in den Luftschutzkeller. Das war streng verboten. Die Nazis hatten angeordnet, dass keine Zwangsarbeiter in deutsche Luftschutzkeller gehen durften. Viele dieser bedauernswerten Menschen sind damals in ihren Baracken, in denen sie schutzlos den Angriffen ausgesetzt waren, von den Bomben ihrer eigenen Verbündeten getötet worden.
Erst versperrte Jean Beisicht die mit zwei langen Hebelschlössern bestückte Spezialtür, dann brachte er Willi zu seiner Frau. Die nahm den Jungen auf ihren Schoß. Sie setzte ihn so, dass er ihr sein Gesicht zuwandte. Sie hatte ihren weiten, aus dickem Stoff gefertigten Mantel geöffnet, den knöpfte sie nun hinter Willis Rücken wieder zu. Das bedeutete einen zusätzlichen Schutz für das Kind. Dann legte sie ihre Arme um den Jungen und drückte sein Gesicht fest zwischen ihren großen Busen. Dies alles machte sie, um das Kind vor den Folgen der brutalsten aller Bomben zu schützen: »der Luftmine«. Die sich bekämpfenden Militärs auf beiden Seiten der Front, dachten sich immer neue verheerende Mordwaffen aus. Die Amerikaner hatten nun eine Bombe konstruiert, die auch die Menschen umbringen konnte, die nicht von ihr direkt getroffen wurden. Es waren riesige Bomben, die sie Luftminen nannten. Die erzeugten bei ihrer Explosion eine so starke Druck- und Geräuschwelle, dass den Menschen in ihrem näheren Umkreis die Trommelfelle und die

Lungen zerplatzten. Wenn man sie dann später in ihren Schutzräumen fand, waren sie äußerlich unversehrt und sahen aus, als schliefen sie. Doch sie waren tot, die Luftminen hatten ihre inneren Organe zerrissen. Willis Oma hatte sich fest vorgenommen, alles zu tun, damit so etwas ihrem einzigen Enkelsohn nicht passieren würde. Sie glaubte, ihn mit ihrem Körper am besten schützen zu können. Sie war eine tapfere Frau, die ihre eigene Todesangst verbarg und dem Kind beruhigende Worte ins Ohr flüsterte. Die anderen Hausbewohner beteten. Ihre Gebete wurden umso lauter, je näher die Einschläge der Bomben kamen. Sie riefen nach Jesus und der Jungfrau Maria. Andere stießen schrille Schreckensschreie und Hilferufe aus. Bei jedem Bombeneinschlag in ihrer näheren Umgebung wackelte und zitterte das ganze Haus. Kalk und Mörtel rieselten von Decke und Wänden. Der Staub wurde immer dichter und verdunkelte das Licht ihrer Lampen. Längst hatten sich die Menschen Tücher vor die Gesichter gebunden. Die hatten sie vorher in die mit Wasser gefüllten Eimer getaucht, die zu Löschzwecken im Schutzraum standen. Willis Großvater stand direkt bei der Tür, damit er sie erneut schließen konnte, wenn sie von Druckwellen aufgerissen wurde. Immer wieder versuchte er, die hysterisch schreiende Frau Rahm und Frau Klinkhammer zu beruhigen: »Bleibt doch ruhig, noch ist nichts bei uns im Haus passiert. Noch leben wir. Wir werden auch diesmal heil davon kommen. Betet lieber oder singt einen Choral, aber hört auf zu schreien.«

Ferdi Rahm, von der hemmungslos heraus geschrienen Angst seiner Mutter angesteckt, schrie und weinte ebenfalls. Willi aber war beeindruckt von der scheinbaren Ruhe seiner Großmutter. Außerdem hörte er die beruhigenden Worte seines geliebten Großvaters. Darum war er still und weinte nicht. Auch er hatte riesige Angst, aber er klammerte sich an seine Oma und schmiegte sich so fest er konnte an ihren weichen und warmen Körper. Das minderte die Furcht und gab ihm Mut.

Währendessen explodierte draußen Bombe auf Bombe und ließ den Keller so schaukeln, dass man glauben konnte, man wäre bei einem großen Sturm auf einem Schiff. Gleich nach den ersten Einschlägen war die elektrische Beleuchtung verloschen. Das war fast immer so bei den Angriffen, und als Ersatz hatten sie Windlichter angezündet, in denen Kerzen waren, die von den Druckwellen nicht ausgelöscht werden konnten.

Dann gab es einen furchtbaren Einschlag, dem ein ohrenbetäubender Explosionsknall und eine unvorstellbare Druckwelle folgten. Die Bombe war in allernächster Nähe, wenn nicht sogar in ihrem Haus eingeschlagen. Eine erneute Staubwolke flutete danach durch den Schutzraum und machte das Atmen trotz der nassen Mundtücher fast unmöglich. Die Frauen, die Jean Beisicht gerade ein wenig beruhigt hatte, begannen erneut zu kreischen. Außerdem verbreitete sich ein übler Geruch. Frau Rahm konnte in Momenten der Todesangst ihren Darm nicht unter Kontrolle halten. Beisicht rief seiner Frau zu: »Gretchen, ist mit dir und dem Jungen alles in Ordnung?«

Nach Atem ringend, mit krächzender, von würgendem Husten unterbrochener Stimme, aber gefasst und ruhig antwortete seine Frau: »Wir sind nicht verletzt, auch dem Kind ist nichts passiert. Aber bitte komm zu uns, denn wenn wir schon sterben müssen, möchte ich, dass du bei mir bist.«

Frau Sanner, die sich bis dahin relativ ruhig verhalten hatte, geriet nun auch in Panik und schrie: »Wir sind bestimmt verschüttet, jetzt ist alles aus, wir werden keine Luft mehr bekommen und alle ersticken.«

Nach der letzten, gewaltigen Explosion war es ein wenig stiller geworden. Es schien so, als ob sich die Einschläge langsam entfernten. Beisicht sagte: »Ich gehe mal raus und sehe nach, ob wir wirklich verschüttet sind.« Seine Frau rief ihm zu: »Nein, nein Jean, geh nicht raus. Bitte lass uns nicht alleine.«

»Bleib ruhig Gretchen, ich werde sehr vorsichtig sein und komme schnell zurück«, gab er ihr zur Antwort. Danach öffnete er die Schutztür und ging mit einer Taschenlampe als Lichtquelle aus dem Raum. Nach kurzer Zeit kam er zurück: »Ihr könnt euch beruhigen, wir sind nicht verschüttet. Wir haben Glück gehabt. Unser Haus hat keinen Treffer abbekommen. Es scheint auch nirgendwo zu brennen.«

Wie es damals üblich war, wurden solche Nachrichten sofort durch den Durchbruch zum Keller im Nachbarhaus den dort Schutzsuchenden mitgeteilt. Die wussten nun, wenn ihr Keller verschüttet wäre, könnten sie sich auf diesem Wege retten.

Auf Befehl der Luftschutzbehörde waren alle nebeneinander liegenden Häuser einer Straße in ihren Kellern durch so genannte »Durchbrüche« miteinander verbunden worden. Das waren ca. ein mal ein Meter große Öffnungen, die man durch die Giebelwände gebrochen hatte. Sie waren nur mit einem mit Sperrholz ausgefüllten Holzrahmen wieder verschlossen worden. Auf jeder Seite dieses Notausstieges musste ein

Köln nach einem der schweren Bombenangriffe

Hammer platziert werden, damit man den Durchstieg im Notfall schnell wieder öffnen konnte. Einerseits hat diese Maßnahme vielen Menschen, deren Häuser eingestürzt waren, das Leben gerettet. Sie kletterten durch die Öffnungen von einem Haus in das andere, bis sie in eines kamen, das noch stand und durch dessen Treppenhaus sie ins Freie gelangen konnten. Auch die Rettungsmannschaften kämpften sich durch diese Fluchtwege hindurch, um verletzte und eingeschlossene Menschen zu retten. Andererseits hatten diese Durchbrüche aber auch negative Auswirkungen. Oft waren nur einzelne Häuser einer Straßenzeile von Brandbomben getroffen worden. Die Öffnungen wirkten nun wie natürliche Kamine. Die Flammen schlugen durch sie hindurch und ließen die vorher unbeschädigten Häuser ebenfalls zu einem lodernden Flammenmeer werden.

Noch einmal flog eine Welle der feindlichen Flugzeuge über ihren Stadtteil hinweg, noch einmal kamen die Bomben gefährlich näher, doch ganz so nahe wie vorher waren die Einschläge glücklicherweise nicht mehr. Irgendwann war dann dieses fürchterliche Töten vorbei. Genau 56 Minuten hatte dieser Angriff gedauert. Den Menschen, die ihn über sich ergehen lassen mussten, aber kam es vor, als wären Ewigkeiten vergangen.
Als die Leute aus den Kellern stolperten, erwarteten sie Bilder von unbeschreiblichem Chaos. Schuttberge türmten sich auf, wo vor einer Stunde noch Häuser standen. Ruinen qualmten und brannten. Der Auslöser dieser Brände waren Brandbomben, aber auch die in jeder Wohnung brennenden Herdfeuer. Überall steckten Stabbrandbomben im Asphalt der Straße und der Gehwege und brannten lichterloh.
Stabbrandbomben waren etwa 80 Zentimeter lang und hatten einen Durchmesser von ca. 12 Zentimetern. An ihrem Ende war ein kleines Leitwerk, das sie mit der Spitze, an der sich der Zünder befand, voran einschlagen ließ. Sie hatten keine Sprengwirkung und waren mit Brandbeschleunigern gefüllt. Beim Aufschlag wurden sie entzündet und brannten dann längere Zeit. Die Alliierten warfen die an Gewicht relativ leichten Bomben zu Tausenden ab. Nach den Sprengbomben folgten die Stabbrandbomben. Sie sollten in den bereits entstandenen Trümmern eine Feuersbrunst entfachen, um die Rettungsmaßnahmen zu erschweren und möglichst viele weitere Opfer zu fordern. (Quelle: Berichte aus Militärarchiven der Royal Air Force.)

Noch waren nur wenige Überlebende auf der Straße. Diese Menschen standen alle mehr oder weniger unter Schock. Sie rannten durcheinander und schrien sich Schreckensnachrichten zu. Sie setzten sich gegenseitig in Kenntnis von den Zerstörungen und den furchtbaren Dingen, die sie gesehen hatten. Alle waren über und über mit Explosionsstaub bedeckt, und ihre Gesichter waren grau-braun verschmierte Masken, in denen nur die Augen und die Mundöffnung zu sehen waren. Tränen der Angst und der Verzweiflung hatten ihre Rinnen in sie gespült. Die Beisichts und ihre Mitbewohner gingen, nachdem sie auf der Straße einen kurzen Rundumblick gewagt hatten, zuerst einmal in ihre Wohnungen, um dort das Ausmaß der Zerstörungen festzustellen. Sie stiegen wieder über die Haustür, die aus ihren Verankerungen gerissen war und samt dem Rahmen im Eingangsflur lag. Die Treppen waren bedeckt mit Putz- und Mörtelresten. Die Schäden in den Wohnungen waren immens. Alle Fenster waren zerstört und teilweise mit samt ihren Rahmen von den Detonationen herausgerissen worden. An Decken und Wänden war der Putz in großen Placken abgeplatzt und samt den Lampen und Wandbildern auf den Boden gefallen. Schränke waren umgekippt, und das zerbrochene Geschirr vermischte sich mit den wenigen Lebensmittelvorräten, die sie noch hatten, und dem übrigen Schutt. Aber man lebte noch, dahinter trat alles andere zurück. Die Schäden würde man reparieren. Die Verluste würden zwar zu noch größeren Einsparungen und Entbehrungen führen, aber man hatte das Kostbarste behalten – das Leben.
Die Männer waren auf den Speicher gegangen, um zu prüfen, ob dort oben Brandbomben eingeschlagen waren. Die Druckwellen hatten eine Menge Dachziegel herausgerissen. Durch die Löcher konnten sie hinauf in den Himmel sehen, dessen strahlendes Blau nun von Qualm- und Staubwolken verdeckt wurde. Dann stellten sie zu ihrem Entsetzen fest, dass zwei Stabbrandbomben ihr Dach durchschlagen hatten. Eine Verkettung von Zufällen, die man schon als ein Wunder bezeichnen musste, hatte ihr Haus davor bewahrt, wie eine Fackel abzubrennen. Eine der Bomben war ein Blindgänger und hatte sich beim Aufschlag nicht entzündet. Die Zweite war in die Badewanne gefallen, die man mit Löschwasser gefüllt dort oben hingestellt hatte. Sie hatte deren Boden noch durchschlagen können, war dann aber darin stecken geblieben. Ehe das Wasser aus dem geschlagenen Leck geströmt war, hatte es die Bombe noch auslöschen können. Der größte Glücksfall aber war, dass diese

Brandsätze nicht mit Phosphor gefüllt waren. Phosphor, den die Alliierten in großen Kanistern über den Städten abschmissen, konnte nicht gelöscht werden. Phosphor brannte sogar unter Wasser. Wenn Menschen von Phosphor getroffen wurden, riss man ihnen schnellstens Mäntel und Jacken herunter. Denn wenn dieses Teufelszeug die Textilien durchgebrannt hatte und auf die Haut traf, gab es keine Rettung für die Betroffenen. Der Phosphor würde durch ihr Fleisch bis hinunter auf ihre Knochen brennen und sie einen der furchtbarsten Tode sterben lassen, die Menschenhirne sich ausgedacht hatten.
Erleichtert atmeten die Männer auf – sie waren alle noch einmal davon gekommen. Die Löcher im Dach würde man mit Pappe und Blechen wieder flicken. Noch lebten sie, und so schnell ließen sich die Kölner damals nicht unter kriegen.
Als sie wieder herunter stiegen, hörte man von der Straße verzweifelte Rufe. »Hilfe, Hilfe, die Schule hat einen Volltreffer bekommen. Das ganze Gebäude ist eingestürzt und hat alle dort in den Schutzräumen verschüttet. Wir müssen sie ausgraben, dazu brauchen wir jede Hilfe.«
Die Menschen waren damals durch die Not zusammengeschweißt, und ohne eine Sekunde zu zögern, verließen sie ihre eigenen Sorgen und Probleme und rannten zu dem Ort des Schreckens. Auch die Beisichts und ihre Nachbarn gehörten dazu. Nur das Ehepaar Klinkhammer war zu Hause geblieben. Sie waren zu alt für diese Aktion. Aber man hatte ihnen die beiden Kinder zur Aufsicht dagelassen, und so leisteten auch sie ihren Beitrag zu dieser Solidaritätsgemeinschaft.
Als die Bombardierungen im Laufe der Kriegsjahre immer heftiger wurden, mussten in jedem Haus Schaufeln, Hacken und Feuerpatschen vorhanden sein. Damit bewaffneten sich nun alle, die unverletzt waren und nicht nach eigenen Vermissten suchen mussten und rannten zu dem Schutthügel, der einmal die Schule war. Dort begannen sie sofort nach den Verschütteten zu suchen. Mit ihren unzureichenden Werkzeugen und mit bloßen Händen gruben sich die Retter nach unten. Eile war geboten, denn es gab Überlebende, deren Hilferufe, Klopfen und Wimmern man deutlich hören konnte.
Natürlich arbeiteten auch die Sanitätsmannschaften und die Feuerwehren bis zur absoluten Erschöpfung, aber es gab Hunderte von Einsatzorten. Jeder gesunde Mensch, der noch nicht zu alt war, egal ob Frau oder Mann, half freiwillig bei den Rettungsarbeiten. Denn jeder wusste: Morgen

kann es mich treffen, und dann werden andere alles nur Mögliche tun, um mich zu retten.
Die Frauen bildeten Ketten und reichten sich die Ziegel und Trümmerteile zu, die die Männer mit den Hacken und Schaufeln losgelöst hatten. Jean Beisicht konnte auch hier seine Erfahrungen als ehemaliger Bergmann einbringen. Ohne sein eigenes Zutun hatte man ihn, wie selbstverständlich, zum Leiter der zusammengewürfelten Rettungsgruppe bestimmt. Ruhig und sachlich gab er seine Anweisungen, und die wurden ohne Murren und ohne Diskussion sofort ausgeführt. Als dann endlich ein Wagen der Berufsfeuerwehr eintraf, lobte der Einsatzleiter Jean Beisicht. Den Beweis, dass seine Anordnungen richtig waren, erhielt Beisicht dadurch, dass man die Rettungsarbeiten nach der gleichen Methode fortführte, die auch er angewandt hatte, um zu den Verschütteten vorzudringen. Leider hatte Beisicht mit seinen Warnungen Recht behalten. Seine Behauptung, dass diese Schutzräume nicht bombensicher wären, hatte sich nur allzu sehr bewahrheitet. Die Bombe war bis in den Keller durchgeschlagen, und der Tod hatte reiche Ernte unter diesen unschuldigen Zivilisten gehalten. Es waren nur wenige, die sie noch lebend aus den Trümmern bargen. Da Sanners kleiner Hinterhof direkt neben der Schule lag, hatte man ihn als vorläufigen Lagerplatz für die Toten ausgesucht. Dort lagen sie dann, bis sie identifiziert worden waren und man ihre Totenscheine ausgestellt hatte. Danach würde man sie zu Sammelplätzen bringen, wo sie eingesargt wurden. In zwei Tagen würden dann über den Kalker Friedhof in Merheim drei Gewehrsalven als Ehrensalut dröhnen, und ein neues Massengrab, gefüllt mit Kindern, Frauen und Rentnern, käme zu den schon vorhandenen hinzu.

Willi war längst aus der Obhut der Klinkhammers entwischt und hinunter in die Wohnung seiner Großeltern gegangen. Deren Schlafzimmer hatte ein Fenster, das zu Sanners Hof lag. Der Junge stand schon lange an diesem Fenster und schaute zu, wie die Bergungsmannschaft ein Opfer nach dem anderen auf Bahren herbei trug und auf dem Hof ablegte. Willi begriff bereits ganz genau, was er dort sah. Er wusste, diese Leute waren tot. Schon oft hatte er in der Vergangenheit ähnliches erlebt. Nach jedem Bombenangriff lagen Tote, die man ausgegraben hatte, vor ihren zerstörten Häusern. Der Tod war in Köln so alltäglich geworden, dass er sogar schon von einem 8-jährigen Kind richtig erkannt wurde.

Dann wurde das, was er befürchtet hatte, schreckliche Realität. Auf der nächsten Bahre, die herbei getragen wurde, lag seine Ulli. Die Männer, die sie brachten, hoben sie vorsichtig von der Trage und legten sie fast behutsam zu den anderen Toten. Mit den toten Kindern waren sie ebenso verfahren. Es war, als hätten sie besondere Erfurcht vor diesen jungen Geschöpfen, die der Tod sich so gnadenlos geholt hatte.
Die Plane, die man über Ulli ausgebreitet hatte, war zu klein, um sie ganz zu verbergen. Ihr Kopf war nur teilweise bedeckt, und in ihren Haaren spielte der Wind. Man hatte ihr die Augen geschlossen, und es sah aus, als würde sie schlafen.

Die Feuerwehr hatte Verstärkung bekommen. Soldaten hatten eine Gruppe osteuropäischer Zwangsarbeiter aus ihrem Lager an der Eyhtstraße geholt. Die übernahmen nun die Bergungsarbeiten der Zivilisten. Die Nachbarn konnten nach Hause gehen und sich um die Regelung der Schäden kümmern, die in ihren eigenen Häusern entstanden waren. Als Willis Großeltern zurück in ihre Wohnung kamen, stand ihr Enkel immer noch am Schlafzimmerfenster. Der Junge war wie versteinert. Mit großen, weit aufgerissenen Augen starrte er stumm auf den Hof. Seine Tränen flossen unaufhörlich und hatten den Staub auf seinen Wangen verschmiert, aber es war kein richtiges Weinen. Völlig lautlos stand er da und schaute hinunter. Kein Wort, nicht einmal ein Schluchzer, kam über seine Lippen. Er hatte einen schweren Schock. Der fürchterliche Angriff und nun die Konfrontation mit dem Tode seiner liebsten Freundin waren zu viel für ihn.
Als er seine Großeltern wahrnahm, wies er nach unten und sagte leise: »Seht ihr, Ulli liegt auch dort.« In diesen wenigen Worten lag all der Schmerz, den er empfand. Behutsam nahm ihn Grete Beisicht in ihre Arme und brachte ihn von dem Fenster weg. Beruhigend und tröstend sprach sie auf ihn ein und löste den Jungen so nach und nach aus seiner Lähmung. Endlich konnte er weinen. Schluchzend klammerte er sich an seine Oma und ließ seinen Gefühlen freien Lauf.

Auch Willis Mutter hatte diesen Angriff in den Kellern des Kaufhofes in der Schildergasse unverletzt überstanden. Die Geschäftsleitung gab sofort allen Angestellten frei, die in den betroffenen Stadtteilen auf der anderen Rheinseite lebten, damit sie sich Gewissheit über das Schicksal ihrer Angehörigen verschaffen konnten. Weil durch die Zerstörungen keine Straßenbahnen mehr fuhren, stellte der Kaufhof zum Transport Firmenfahrzeuge zur Verfügung. Wie üblich, herrschte nach solchen Großangriffen auf Kölns Straßen der Ausnahmezustand. Oberleitungen der Straßenbahnen hingen zerrissen auf dem Boden. Trümmer der eingestürzten Häuser lagen auf den Fahrbahnen. Die Fahrer der Lieferwagen, in denen man die Verkäuferinnen zu ihren Wohnungen brachte, mussten sich zwischen Krankenwagen, Feuerwehr- und Militärfahrzeugen ihren Weg durch dieses Chaos erkämpfen. An der Kalker Post sprang Willis Mutter aus dem Wagen und eilte so schnell sie konnte zu ihrem Sohn und ihren Eltern. Als sie durch die zerstörten und mit brennenden Ruinen gesäumten Straßen lief, lag die Angst um ihre Lieben wie eine tonnenschwere Last auf ihren Schultern. Erleichtert lagen sich die vier dann in den Armen und weinten vor Glück, unverletzt davon gekommen zu sein.

Wie stets nach solchen Bombenangriffen, trafen sich die Nachbarn, um ihr Überleben zu feiern. Jeder brachte mit, was er noch hatte. Sanners spendierten eine Flasche Wein. Frau Kautz hatte noch zwei Dosen Sardinen. Frau Rahm brachte Brot, und die Beisichts hatten noch ein Lot Kaffee. Willis Mutter gab, nachdem die damals so kostbaren Dinge verzehrt waren, eine Runde Zigaretten zum Abschluss.

So, oder so ähnlich, war es überall nach den Terrorangriffen. Die Menschen brauchten dieses Beisammensein. Es zeigte ihnen, dass sie nicht allein mit ihrer Angst und ihrem Leid waren. Jeder Angriff schweißte die Davongekommenen noch enger zusammen. Sie wussten, dass sie nur überleben konnten, wenn sie zusammen hielten und sich gegenseitig halfen.

Für den kleinen Willi war dies der letzte Bombenangriff, den er in Köln miterleben musste.

Seine Mutter hatte eingesehen, dass in dieser Stadt kein Platz mehr für ein Kind war.

Sie brachte Willi gleich am nächsten Morgen nach Oberbettingen in der Eifel. In dem kleinen Dorf, in der Nähe von Gerolstein, lebten Verwandte ihres Mannes. Dort verbrachte Willi die letzten Monate vor dem Ende des Krieges relativ friedlich. Doch dann machte die immer näher rückende Westfront auch dieses Asyl zum Kriegsschauplatz. Seine Mutter holte

Willi dort weg, als man schon das Schießen der Artillerie hören konnte. Sie brachte ihn in das Bergische Land. Dort erlebte Willi das Ende des Krieges, den auch seine Mutter und seine Großeltern unbeschadet überstanden.

DER SCHWARZE MARKT

In der Nähe der mittelalterlichen Severinstorburg liegt die Elsaßstraße. An der Stelle, wo sie von der Merowingerstraße gekreuzt wird, befand sich für einige Jahre eines der bekanntesten und meist frequentierten Einkaufszentren der Domstadt. Von 1945 bis 1948 konnte man hier alles kaufen. Sämtliche Waren, die durch ihren Mangel zu Luxusgütern geworden waren, wurden hier feilgeboten. Doch diese Verkäufe unterlagen anderen Regeln als den im ehrbaren Handel üblichen. Hier blühte der Schwarzhandel. Es war einer jener Plätze, die man »Schwarzer Markt« nannte. Diese »Schwarzen Märkte« gab es in jedem Stadtteil. Zu den größten dieser illegalen Umschlagstellen zählten außer der Elsaßstraße noch die Plätze zwischen Hauptbahnhof und Dom und in den Ruinen der alten Markthalle. Letztere lag direkt neben der eingestürzten Deutzer Brücke. Dort stand damals eine hölzerne Behelfsbrücke, die von amerikanischen Pionieren in den Rhein gerammt worden war. Über diese Brücke lief einige Monate der gesamte Fluss überschreitende Verkehr von Koblenz bis Wesel.

Es gab noch viele kleinere »Schwarze Märkte«. Auf der Ehrenstraße, in den Stadtteilen Ehrenfeld, Mülheim und Kalk, um nur einige zu nennen. Aber die drei Erstgenannten waren mit Abstand die bekanntesten. Verschiedene, meist logistische Eigenschaften und Gegebenheiten waren die Ursache, warum gerade an diesen Plätzen die Tauschbörsen entstanden und sich zu solcher Größe entwickeln konnten.

Die Elsaßstraße lag im Einzugsgebiet des Verkehrs von Bonn und dem Vorgebirge. Das brachte einen starken Zuspruch an Kunden. Die vielen Ruinen boten gute Verstecke und Fluchtgelegenheiten, wenn die Polizei zu Razzien anrückte. Außerdem gab es hier die Möglichkeit, durch einen unterirdischen Fluchtweg zu verschwinden. Dieser Geheimgang konnte jahrelang vor der Polizei verborgen gehalten werden. Er führte durch Keller und unterirdische Gänge bis in ein ehemaliges Gefängnis an den

Wällen. Das lag mehrere Straßenzüge entfernt und war von den Bomben zerstört worden.
Am Dom brachten die Züge der wieder fahrenden Reichsbahn Kunden und Waren. An der alten Markthalle florierte das Geschäft durch die Rheinbrücke. Trümmergrundstücke, die als Fluchtwege genutzt werden konnten, gab es auch an diesen Plätzen zur Genüge.
Hier machten skrupellose Gauner aus der Not ihrer Mitmenschen ein florierendes Geschäft.
Die begehrtesten Waren jener Zeit waren Lebensmittel, Bekleidung, Schuhe und Rauchwaren. Es gab diese Dinge kaum, und die Bevölkerung hungerte und darbte in heute unvorstellbarem Ausmaß.
Die Schieber boten all diese ersehnten Waren zu horrenden und für Normalbürger unerschwinglichen Preisen an. Ein Pfund Brot kostete 40 Reichsmark, ein halbes Pfund Butter 80 RM, ein Lot Bohnenkaffee (das reichte gerade, um eine Kanne Kaffee damit aufzubrühen) 10 RM. Für Fleisch, Schmalz und Speck wurden bis zu 100 RM je Pfund verlangt. (Damals war ein Pfund die meist gebrauchte Gewichtseinheit.) Zigaretten waren so etwas wie eine zweite Währung geworden. Amerikanische und englische kosteten 8 bis 10 RM das Stück! Deutsche Zigaretten, wie zum Beispiel die »Bosco«, waren ein übel riechendes und scheußlich schmeckendes, aus Pfälzer Tabak hergestelltes Produkt. Trotzdem mussten für eine deutsche Zigarette auch 3 bis 4 RM gezahlt werden.
Ein Fabrikarbeiter hatte einen Stundenlohn, der oft weit unter 2 RM lag, und das Monatsgehalt eines einfachen Angestellten betrug etwa 250 RM. Diese Zahlen lassen eindeutig erkennen, dass der größte Teil der Bevölkerung nicht in der Lage war, solche Preise zu bezahlen. Dem kleinen Durchschnittsbürger blieb da nur der Weg, sich durch Tausch etwas zu besorgen. Das Wenige, was sie sich aus dem Krieg hatten retten können, mussten sie nun, um nicht zu verhungern, den Hyänen der »Schwarzen Märkte« opfern. Wertvolles Porzellan, Gemälde und Schmuckstücke aus Edelmetall wechselten oft für ein paar Kilogramm Lebensmittel den Besitzer. In den Wintermonaten hatte wärmende Kleidung einen hohen Tauschwert.
Selbst unter den Schiebern, diesen übelsten Zeitgenossen der Nachkriegszeit, gab es Abstufungen zum Negativen. Eine Gruppe von ihnen steigerte ihre verwerflichen Tätigkeiten noch durch schlimme Betrügereien. Gips wurde als Weizenmehl verkauft. Es gab nach dem Krieg keine

Der Schwarze Markt – eines der meist frequentierten Einkaufszentren nach dem Krieg

Zündhölzer. Dadurch wurden Feuerzeuge plötzlich zu Kostbarkeiten. Feuerzeuge brauchen aber Feuersteine, um sie zu entzünden, also waren diese kleinen silbrig-grauen Steinchen schnell begehrenswerte Objekte auf dem »Schwarzen Markt«. Die Betrüger nahmen Zaundraht, der den Durchmesser von Feuersteinen hatte, polierten ihn blank und zerschnitten ihn dann in entsprechende Stückchen. Diese waren von echten Feuersteinen nicht zu unterscheiden und wurden skrupellos für 5 bis 7 RM das Stück verkauft. Braun gefärbte und sorgfältig verpackte Gipsplatten wurden als Schokolade gehandelt. Butterpakete hatten von einer Butterschicht umgebene Holzstücke als Inhalt. Diese Gauner dachten sich immer neue Tricks aus, um die hungernden Menschen zu betrügen.
Das äußere Bild dieser Märkte sowie der Ablauf des illegalen Handels waren überall gleich. Die Schieber waren in graue oder dunkle Jacken und Mäntel gehüllt. Mützen oder Hüte in den gleichen Farben vervollständigten ihre Kleidung. Die Oberkleidung war sehr weit geschnitten, damit sie Platz für geräumige Innentaschen hatte. Darin war das »Handelsgut« verborgen, das sie an den Mann oder die Frau bringen wollten. Viele der Gauner hatten noch zusätzlich Aktentaschen dabei.
Schwarzhandel war streng verboten und wurde mit Gefängnisstrafen geahndet. Bestraft wurden Schieber wie Käufer gleichermaßen hart. Die gefundenen Waren wurden gnadenlos beschlagnahmt. Betrat man als Käufer einen »Schwarzen Markt«, vollzog sich, um etwa vorhandene Polizeispitzel zu täuschen, folgendes Ritual: Die Schieber standen mit unbewegten Gesichtern überall verteilt. Sie bewegten sich nie auf den Käufer zu oder sprachen ihn an, sondern verhielten sich völlig unbeteiligt. Sie wollten den Anschein vermitteln, oder versuchten es wenigstens, als ob sie gar nichts mit diesen Dingen hier zu tun hätten. Der Käufer musste nun, den unschuldigen Passanten spielend, an den Schiebern vorbeischlendern. Kam er in die Nähe eines der Schwarzhändler, so teilte dieser dem Interessenten mit, was er anzubieten hatte. Er zischelte oder flüsterte diese Informationen, ohne dabei den Kopf oder den Körper in die Richtung des Angesprochenen zu bewegen. Selbst die Lippen wurden kaum bewegt. Es war, als ob Bauchredner zu den Kunden sprächen.
Damals machten ungezählte Geschichten über die »Schwarzen Märkte« die Runde. Zumeist handelten sie von den Betrügereien an den Käufern, noch lieber aber wurden Geschichten erzählt, die von betrogenen Betrügern berichteten.

Nachfolgend möchte ich drei dieser Geschichten erzählen. Ich habe sie ausgesucht, weil sie einen guten Einblick in die Mechanismen des Schwarzhandels gewähren. Sie wurden mir von Zeitzeugen berichtet, die sich für ihren Wahrheitsgehalt verbürgen. Sicher haben sich ihre Inhalte im Laufe der Zeit verändert, wurden zurechtgebogen und ein wenig fabuliert. Aber alle haben einen großen Wahrheitsgehalt und sind in ihrem Kern so wirklich passiert. Darum sind sie es wert, der Nachwelt erhalten zu bleiben.

DAS FEUERSTEIN-OMELETT

An einem schönen Morgen im Spätsommer radelte eine Frau die Bonnerstraße hinunter in Richtung Chlodwigplatz. Sie war schon früh in Merten losgefahren, um auf dem »Schwarzen Markt« in der Elsaßstraße einen Tauschhandel zu tätigen.
Merten war ein kleiner Ort im Vorgebirge zwischen Köln und Bonn. Sie lebte dort mit ihrem Mann und ihren drei Kindern auf einem kleinen Bauernhof. Auf dem Gepäckträger war ein Körbchen befestigt. Darin lag, sorgsam in ein nasses Leinentuch eingeschlagen, ein Klumpen Butter, etwa ein Kilo schwer. Die Butter hatte sie mit einer Zentrifuge selbst geschlagen. Die Zentrifuge musste jedoch sorgfältig versteckt werden, denn ein solcher Besitz war streng verboten. Kein Bauer durfte selbst Butter herstellen. Jeder Liter Milch musste an die Molkereien abgegeben werden. Nun hatte sie sich aus Milch, die sie von den gesetzlich vorgeschriebenen Abgaben abgezweigt hatte, diese Sonderzuteilung selbst genehmigt.
Sie brauchte Gummiband für die Kleider, die sie für ihre Kinder genäht hatte, dazu Feuersteine, weil sie kein einziges Streichholz im Hause hatten, und für ihren Mann wollte sie noch einige Zigaretten besorgen. Gegen 10 Uhr bog sie in die Elsaßstraße ein. Dort hatten sich schon eine Menge Schieber versammelt. Wie eine Schar Krähen, die auf einem Feld eine Rast einlegt, wirkten die dunklen Gestalten. Die Frau sprang von ihrem

Fahrrad und schob sich unter die Schwarzhändler. Sie war schon an mehreren Schiebern vorbeigegangen, die ihr alle ihre Angebote zugeraunt hatten. Dann kam sie zu einem, der ihr, weil er die Lippen nicht bewegen wollte, mit schief verzogenem Mund zuknurrte: »Ami Zigaretten – Feuersteine.«

Die Bäuerin schaute bewusst in eine andere Richtung und antwortete: »Ja, möchte ich haben. Wie viel?«

Nun ergab sich folgendes Zwiegespräch:

»8 RM für die Amis. 6 RM für die Feuersteine.«

»Hab kein Geld, will tauschen.«

»Was haben Sie denn?«

»Selbstgemachte Butter.«

»Okay, warten Sie einen Moment, bis ich in den Trümmern bin, und kommen Sie dann nach.«

Der Schieber schlenderte nun in eines der Trümmergrundstücke. Als er verschwunden war, folgte ihm die Bäuerin. Hinter einem Mauerrest fand sie ihren Handelspartner. Der ließ sich erst einmal die Butter zeigen. Sorgsam prüfte er die Ware, die die Frau vorsichtig aus dem Leinentuch gewickelt hatte. Dann zog er ein feststehendes Messer aus der Hosentasche und ließ es aufspringen. Als die Frau mit einem Angstschrei erschrocken zurücksprang, sagte er beruhigend: »Keine Angst, ich will Ihnen nichts tun, aber ich muss doch prüfen, ob Sie mich nicht betrügen wollen.« Dann stach er in die Butterkugel und überzeugte sich so davon, dass darin keine Fremdkörper versteckt waren. Nun begannen sie zu handeln. Die Bäuerin zeigte, dass sie genau wusste, was ihre Butter wert war. Sie blieb standhaft und trieb das zuerst sehr schäbige Angebot des Schiebers in eine für sie annehmbare Höhe.

Als sie dann nach Hause strampelte, war sie im Besitz von 20 Zigaretten, also einer Packung der amerikanischen Marke Camel, sowie einem Döckchen Gummiband. Das Gummiband musste der Schieber erst bei einem Kollegen holen, wo er es für einige Zigaretten eingetauscht hatte. Der kostbarste Tausch aber waren die Feuersteine, die die streitbare Frau von zuerst 8 angebotenen auf 12 Stück hoch gehandelt hatte. Die hatte sie sorgfältig in einen kleinen Leinenstreifen eingeschlagen, den der Schieber ihr dafür zuvorkommend mit seinem Messer von der Butterverpackung abgeschnitten hatte. Dieses kleine Leinenpäckchen ruhte nun im Büstenhalter, an ihrem üppigen Busen, sorgsam versteckt. Wenn sie in

eine Razzia geriet, sollte niemand diese Steine finden. Sie hatte Glück, unbehelligt kam sie zurück zu ihrem Bauernhäuschen in Merten. Als ihr Mann vom Feld heim kam, zeigte sie ihm ihre gehamsterten Waren und berichtete stolz, wie sie den Schwarzhändler hinauf gehandelt hatte. Ihr Mann war zufrieden und lobte sie sehr. Dann rauchte er erst einmal mit großer Andacht eine der mitgebrachten Zigaretten, während seine Frau bei ihm saß und Gummiband in Kinderhöschen nähte. Der Mann entfernte vorsichtig die Glut von seinem Zigarettenstummel und legte ihn in seine Tabakdose. Diesen Stummel würde er später in eine Zigarettenspitze stecken und ihn dann aufrauchen bis zum letzten Tabakkrümel. Er holte sich einige Feuerzeuge, schraubte sie auseinander und setzte die Feuersteine ein. Aus einer kleinen Flasche tröpfelte er Benzin auf die Wattebäusche der Feuerzeuge und setzte sie wieder zusammen. Nun nahm er erwartungsvoll eines der Feuerzeuge und drehte das Rädchen, das die Funken aus dem Feuerstein schlagen sollte. Außer einem kratzenden Geräusch geschah jedoch nichts. Nacheinander wiederholte er die Prozedur an jedem Feuerzeug. Nichts, nur quietschende Kratzgeräusche. Der Mann schaute bedeutungsvoll zu seiner Frau hinüber. »Ja Minchen, da hat man dich wohl betrogen. Was du da mitgebracht hast, mag ja alles Mögliche sein, aber bestimmt keine Feuersteine.« Er holte sich einen Magneten aus dem Schrank und hielt ihn über die restlichen »Flintsteinchen«. Die flogen gleich hoch und hingen dann fest unter dem Magneten. »Siehst du Minchen, wertlosen Draht hat dieser Lump dir verkauft. Da hat er sich gerne von dir um vier weitere dieser Drahtschnipsel hoch handeln lassen.« Als seine Frau aus Wut und Enttäuschung zu weinen begann, nahm er sie liebevoll in die Arme und sagte tröstend: »Nun weine mal nicht, Mine. Da sind schon andere auf diesen Trick reingefallen. Das Gummiband und die Zigaretten sind ja in Ordnung. Wir müssen uns wohl damit zufrieden geben.«
Die Frau beruhigte sich bei seinen Worten wieder, schniefte noch ein paar Mal und sagte dann: »Ich bin ja so froh, dass du nicht zornig auf mich bist und nicht mit mir schimpfst.«
»Ach was nützt denn da das Schimpfen, damit ändert sich doch nichts. Zornig bin ich schon, aber auf mich selbst. Wie konnte ich dich nur alleine in diese Lasterhöhle fahren lassen.«
Dann stand er auf und sagte: »Klärchen, unsere fleißigste Legehenne, legt seit ein paar Wochen kein Ei mehr. Aber eben hab ich sie laut gackernd

unter dem Holzstoß neben dem Kuhstall kommen sehen. Ich habe den Verdacht, dass sie sich dort ein Gelege gemacht hat und es nun ausbrüten will. Ich gehe mal raus und schaue nach.«
Als er nach einiger Zeit wieder zurück in die Stube kam, hatte er eine große Schüssel voller Eier bei sich. »Siehst du, ich hatte Recht. Sie hat sich dort ein Brutnest gebaut. 34 Stück hat das blöde Hühnervieh dort gelegt. Aber es scheint sie nur angebrütet zu haben. Hat nicht immer drauf gesessen, und jetzt sind sie wohl alle faul und verdorben.« Er hielt die Eier an eine helle Lampe und sah seine Befürchtungen bestätigt. Alle waren faul oder hatten schon angehende Küken in sich.
Seine Frau jammerte: »Ein Unglück kommt selten allein. Erst werde ich betrogen, und dann müssen wir noch mehr als 30 Eier wegwerfen.«
Der Bauer nahm die Schüssel mit den Eiern und ging zur Tür: »Ich werfe sie den Schweinen vor, dann sind sie wenigstens noch für etwas zu Nutzen.«
Nach einigen Minuten kam er wieder herein, die Schüssel mit den Eiern immer noch in der Hand. Er stellte sie auf den Spülstein, drehte sich zu seiner Frau und sagte: »Es lässt mir keine Ruhe. Dieser Betrüger in Köln darf nicht ungestraft davonkommen. Morgen fahren wir dahin zurück, und dann bekommt der Kerl, was er verdient.«
»Um Himmels Willen Mann, bist du verrückt? Der Kerl ist viel größer und kräftiger als du. Außerdem ist er mit einem Messer bewaffnet, und die Schieber halten doch alle zusammen. Da kannst du gar nichts ausrichten.«
Der Bauer schaute sein Minchen an. Mit einem pfiffigen Lächeln um die Mundwinkel antwortete er ihr: »Wer spricht denn hier von Gewalt? Betrügen werden wir ihn, genauso wie er dich betrogen hat. Als ich gerade den Schweinen die Eier in den Trog werfen wollte, kam mir die richtige Idee. Hier, nimm die faulen Dinger, wasch sie schön sauber und stapele sie auf einen Eierkarton. Morgen fahren wir gemeinsam in die Elsaßstraße, und du zeigst mir den Mann, ohne dass er es bemerkt. Mich kennt er ja nicht, und so kann ich ihm dann die Eier ohne Gefahr andrehen.«
Am nächsten Morgen fuhren beide auf dem Leichtmotorrad des Bauern, einer 98er NSU, nach Köln. Sie parkten einige Straßen entfernt. Der Bauer ließ sich von seiner Frau den Gauner zeigen. Dann gab er ihr den Motorradschlüssel und sagte zu ihr: »Los Minchen, geh zurück zu unserem ›Föppchen‹ und warte da auf mich. Vielleicht müssen wir gleich schnellstens abhauen. Wenn ich angerannt komme, kannst du es schon antreten und starten, denn dann zählt jede Sekunde.«

Er nahm den Karton, auf dem 30 saubere schneeweiße Eier aufgestellt waren. Mit einem Bleistift hatte er noch auf jedes Ei ein Datum gekritzelt, und keins war älter als drei Tage. Während seine Frau zum Motorrad zurückging, marschierte der Bauer in die Höhle des Löwen.
Aufgeregt und ängstlich wartete Mine auf ihren Mann. Dann endlich kam er zurück. Er rannte nicht, sondern ging in normalem Tempo. Er zwinkerte seiner Frau mit einem schlauen Lächeln zu. Öffnete kurz seine Lederjacke und ließ sie auf eine Ganze Stange Camel blicken. Während er das Motorrad startete, sagte er: »200 Camel für 30 faule Eier, wenn das nicht ein Geschäft ist.« Dann kletterten sie auf ihr knatterndes »Föppchen« und brausten zurück in das schöne Vorgebirge.
Der Schieber kam gegen Abend nach Hause, an der Tür rief er schon: »Frau, holl de Pann erus. Hück kannste ens en ech jot Omelett zaubere. Ich han dreßig fresche Eier metjebraht«
Danach mussten sie tagelang lüften, um den ekelhaften Gestank, der entsteht, wenn man faule Eier in eine Pfanne haut, aus ihrer Wohnung zu vertreiben. Nach dem gescheiterten Omelett hatte der Schieber die restlichen Eier überprüft und ein faules nach dem anderen ins Klo schmeißen müssen. Auf dem Boden des Eierkartons sah er dann ein kleines Päckchen aufgeklebt. Als er den Leinenstreifen öffnete, fand er darin seine als Feuersteine getarnten Drahtschnipsel wieder. Auf einem Zettelchen stand: Eins zu eins, jetzt sind wir quitt.

EIN ECHTER BRUYN

Aus einer Villa in der Haydnstraße, in der Nähe des Kölner Stadtwaldes, trat eine etwa 40 Jahre alte Frau. Dunkles Haar fiel um ein schön geformtes Gesicht, sie war groß und schlank und wirkte sehr attraktiv. Ihre ganze Erscheinung war gepflegt und elegant. Ein Mantel aus bestem Tuch und mit Persianerpelz an Kragen, Ärmeln und Saum abgesetzt sowie ein modischer Turban aus dem gleichen Stoff, ebenfalls mit Pelz abgesetzt, vervollständigten diesen Eindruck. Sie versperrte sorgsam die Haustür und warf noch einen prüfenden Blick auf ihr Haus, das der Krieg nur

leicht beschädigt hatte. Mit forschem Schritt ging sie auf die daneben liegende Doppelgarage zu. Sie öffnete die Tür und betrat den großen Raum. Die Autostellflächen waren leer. Nur ein paar Gartenmöbel und zwei Fahrräder standen an einer der Seitenwände. Ihre Autos waren gleich zu Kriegsbeginn, wie alle privaten PKW, beschlagnahmt und der Wehrmacht zugeführt worden. Ihr ganzer Stolz war damals ihr kleines Stadtauto, ein Cabriolet der Marke Adler, Baujahr 35. Das nahmen ihnen die Behörden ebenso weg wie den Wagen ihres Mannes, einen Mercedes Benz, Typ 320, Baujahr 37.
Ihr Mann war vor einiger Zeit aus der Kriegsgefangenschaft heimgekehrt. Seine Gesundheit war sehr angegriffen, und er war stark unterernährt. Da man in den ersten Nachkriegsjahren in Köln, genauso wie in allen zerbombten deutschen Großstädten, auf legalem Wege so gut wie keine Lebensmittel kaufen konnte, hatte sich sein Zustand noch verschlechtert. Er wurde so schwach, dass er seit zwei Wochen das Bett hüten musste. Ihr Hausarzt hatte der Frau besorgt erklärt, dass ihr Mann ernsthaft in Gefahr wäre und eine Besserung nur eintreten würde, wenn er mehr und vor allem fetthaltiges Essen bekäme. Sie wusste genau, dass sie die benötigten Lebensmittel nur auf dem »Schwarzen Markt« bekommen würde. Nach einiger Überlegung hatte sie kurz entschlossen den kostbarsten Besitz, den sie noch hatten, von der Wand abgehängt und sorgsam in Papier und Pappe verpackt. In dem flachen Paket, das sie nun vorsichtig auf dem Gepäckträger ihres Fahrrades festband, befand sich ein echter Kunstschatz. Es war ein 40 mal 45 Zentimeter großes, auf einer Eichenplatte aufgebrachtes Ölgemälde, das die Jungfrau Maria darstellte, die von der heiligen Margarethe und der heiligen Dorothea umgeben war. Der Maler war Bartel Bruyn der Ältere. Er war um 1497 geboren und lebte in den Jahren 1515 bis 1524 in Köln. Bartel Bruyn war ein vielbeschäftigter Mann und wurde zu einem der bekanntesten Altarbilder- und Porträtmaler seiner Zeit.

Die Frau fuhr los. Dicke Fausthandschuhe und ein langer Wollschal schützten vor der Novemberkälte. Die Mantelschöße hatte sie in den Gürtel hochgesteckt, und so konnte sie unbehindert ihrem Ziel, der ehemaligen Markthalle Kölns zwischen dem Heumarkt und dem Rheinufer, entgegenfahren. Nach einer knappen halben Stunde hatte sie den Platz erreicht. Aus der Satteltasche holte sie eine massive Eisenkette und band ihr Fahrrad damit an einem Rest des Geländers der eingestürzten Deutzer Brücke fest. Nun packte sie ihr Gemälde aus und ging hinüber zu den dunklen Gestalten, die dort in großer Anzahl ihrem Ritual – gelangweilt in die Welt zu starren – frönten. Sie nahm das Bild mit beiden Händen und hielt es im Vorbeigehen den Schiebern entgegen. Doch die grinsten nur geringschätzig, schüttelten uninteressiert die Köpfe oder wandten sich gelangweilt ab. Einer hatte sich das Bild etwas genauer angesehen. Als er bemerkte, dass es auf Holz aufgemalt war, gab er es mit den Worten zurück: »Dat es jo noch nit ens en Ölmolerei. Dat es jo e Holzbeld un nit, wie sech dat jehööt, op Linge jemolt.«

Die Frau machte gar nicht den Versuch, dem Manne seinen Irrtum zu erklären, sondern nahm nur stumm ihr Bild wieder zurück. Sie wurde von bitterer Enttäuschung erfasst, außerdem begann sie in dem steifen Wind, der vom Rhein herüber wehte, zu frieren. Als sie gerade aufgeben und sich zurück zu ihrem Rad bewegen wollte, wurde sie angesprochen. »Entschuldigen Sie bitte«, hörte sie eine Stimme hinter sich. Als sie sich umwandte, sah sie einen Mann, der so etwa in ihrem Alter war. Er trug einen hellbraunen Kamelhaarmantel, einen weißen Seidenschal und auf dem Kopf einen Homburger. Dazu einen dunklen Anzug und neu wirkende, auf Hochglanz polierte Schuhe. Er passte so gar nicht in das Bild der in schäbigem grau-schwarz gekleideten Schieber. Aber er schien trotzdem zu ihnen zu gehören. Die Frau hatte ihn bei ihren vergeblichen Verkaufsversuchen mehrmals im Gespräch mit Schwarzhändlern gesehen. Sie schienen ihn alle mit großem Respekt zu behandeln. Scheinbar war er der »Oberschieber« hier.

»Entschuldigen Sie«, wiederholte er, um dann fortzufahren. »Wie ich bemerken konnte, hatten Sie kein Glück bei Ihren Geschäften. Was wollen Sie denn da verkaufen?«

Die Frau hielt ihm das Bild entgegen und gab zum ersten Mal eine Beschreibung dazu: »Einen echten Bruyn, frühes 16. Jahrhundert. Ich möchte dafür Butter, Speiseöl oder Schmalz eintauschen.«

Er schaute etwas gelangweilt auf das Bild, dann sagte er: »Muss ja schon alt sein der Schinken, ist ja ganz schön ramponiert.« Dabei verwies er auf zwei Risse, die von einem guten Restaurator überarbeitet worden waren. »Nein liebe Dame, mit so was können Sie hier keine Geschäfte machen. Am besten fahren Sie damit in die Eifel, denn die Bauern hängen sich solche frommen Schinken gerne über ihre Betten. Bestimmt bekommen Sie dort ein paar Pfund Kartoffeln dafür.«

Der Frau schauderte vor so viel Banalität, einen mehr als 400 Jahre alten Bruyn als frommen Schinken zu bezeichnen. Entmutigt und verfroren wollte sie sich abwenden. Plötzlich hasste sie diese ganze Umgebung mitsamt den ungebildeten Gaunern. Sie wollte einfach nur noch nach Hause. Doch die Stimme des Mannes hielt sie zurück: »Verzeihung, ich wollte Sie nicht kränken. Vielleicht ist dieses Bild ja wirklich wertvoll. Aber nicht in der jetzigen Zeit. Heute gelten andere Werte, heute sind andere Dinge kostbar. Kunst kann man nicht essen oder sich damit ankleiden. Lebensmittel und Kleidung, das sind die Kostbarkeiten von heute. Zum Beispiel der Mantel, den Sie anhaben. Das ist eine echte Kostbarkeit. Ich bin bereit, einen guten Preis dafür zu zahlen.«

Die Frau winkte ab: »Den Mantel verkaufe ich nicht. Wer ist denn schon so blöd und verkauft im November seinen Wintermantel?« Dabei sagte sie sich in Gedanken, wenn ein echter Bruyn nur einige Kartoffeln wert ist, kann der Mantel ja nur noch weniger bringen.

»Nicht so voreilig, junge Frau, Sie wissen ja noch gar nicht, was ich Ihnen dafür geben werde.

Meine Freundin hat in einigen Tagen Geburtstag, da wäre dieser warme Mantel gerade das richtige Geschenk. Der wird genau passen, denn sie hat so ungefähr Ihre Figur.« Dabei musterte er die vor ihm stehende Frau prüfend von Kopf bis Fuß.

»Und ich kann mich dann zu Tode frieren«, antwortete sie empört. Mit ihrem harten Tonfall wollte sie ihre Verlegenheit kaschieren, in die sie seine schamlose Musterung gebracht hatte.

»Nun, ich denke, wer so ein Prachtstück besitzt, der hat noch mehr davon zu Hause«, bekam sie zur Antwort.

»Da denken Sie falsch. Glauben Sie, wenn ich noch andere Mäntel zu Hause hätte, würde ich mich in meinem besten Stück auf das Fahrrad setzen und käme zum Handeln nach dem ›Schwarzen Markt‹ gefahren? Wir waren, um den Bombenangriffen zu entgehen, in der Eifel. Da hat man in unserem Haus in Köln eingebrochen und alles weggeraubt. Dieser Mantel ist der einzige, den ich habe.«

Der Mann überhörte ihre Worte und sagte ungerührt: »Also, hier mein Angebot: zwei Pfund Butter und zwei Pfund Schmalz. Öl habe ich im Moment selbst nicht, dafür gebe ich Ihnen eine Seite Speck. Als Zeichen meines guten Willens lege ich dann noch zwei Schachteln Chesterfield Zigaretten dazu, das ist meine Lieblingsmarke.«

Der Frau wurde fast schwindlig, als sie das Angebot des Schiebers hörte, und sie starrte ihn mit großen Augen an. Er deutete ihr Schweigen so, als wäre ihr das Angebot noch nicht hoch genug. Nach einiger Überlegung sagte er dann: »Also gut, ich gebe noch einen kleinen Sack Kartoffeln hinzu. Aber das ist mein letztes Wort, mehr ist nicht drin. Dann können Sie Ihren Mantel behalten. Wenn es mir auch Leid tut.«
Die Frau brachte Ordnung in ihre Gedanken. Das Angebot des Mannes war ja viel höher, als sie in ihren kühnsten Träumen für den Bruyn als Preis erhofft hatte. Am liebsten würde sie ihr Einverständnis laut herausrufen. Aber als sie den Schieber dann fragte: »Wie ›klein‹ ist denn der Sack Kartoffeln?«, war sie von ihrem Mut selbst überrascht.
Der elegante Schieber krauste unmutig die Stirn und antwortete gereizt: »Nun, so in etwa einen halben Zentner. Ein paar Pfunde rauf oder runter. Also, wie ist das nun? Ja oder nein? Ich habe nicht ewig Zeit.«
Die Frau wurde plötzlich von der Angst erfasst, der Mann im Kamelhaarmantel könne sein Angebot zurückziehen. Darum antwortete sie schnell: »Nun gut, Sie haben mich überredet, ich nehme Ihr Angebot an. Mein Mann ist ernsthaft wegen Unterernährung erkrankt. Wenn er sterben müsste, nur weil ich mich nicht von meinem Mantel trennen konnte, würde ich mir ein Leben lang Vorwürfe machen.«
Der Schieber streckte ihr seine Rechte entgegen: »Gut, dann soll der Handel gelten, schlagen Sie ein.« Nachdem sie sich die Hände geschüttelt hatten, fuhr er fort: »Geben Sie mir Ihre Adresse, dann lasse ich Ihnen die Sachen nach Hause bringen. Sie können dem Boten den Mantel dann mitgeben. Ich kann Sie doch nicht in dieser Kälte ohne Mantel zurück fahren lassen.«
Die Frau war von diesem Angebot sehr angetan und ergriff nochmals die Hand des Schiebers mit dankbarem Druck. Dabei dachte sie, er scheint gar kein so schlechter Kerl zu sein. Doch da irrte sie gewaltig. Die Weichheit des berüchtigten Großschiebers hatte seine Gründe ausschließlich in dem guten Aussehen der Frau. Normalerweise war der Mann hart und gnadenlos. Nur so hatte er sich sein kriminelles Imperium aufbauen können.
Als sie ihr Fahrrad losschloss, kam eine schwere Horch-Limousine auf sie zu. Im Fond des Wagens saß der Oberschieber und zündete sich eine Zigarre an. Als der Wagen neben ihr war, hielt der Fahrer an. Der elegante Schieber drehte das Fenster herunter und winkte sie heran: »Hören Sie, wenn Sie den Turban zu dem Mantel legen, lege ich ein Pfund Kaffee zu unserem Handel dazu.«

Ohne lange zu überlegen, gab die Frau ihr Einverständnis. Was sollte sie mit dieser Kappe, wenn sie den dazugehörenden Mantel nicht mehr besaß.

Am Nachmittag des gleichen Tages klingelte es in der Villa in der Haydnstraße. Als die Frau öffnete, stand ein junger, verwegen aussehender Kerl vor der Tür. Er musterte sie ungeniert und mit einem frechen Grinsen. Dann tippte er mit dem Zeigefinger seiner rechten Hand lässig an seine Schlägerkappe und sagte: »Hallo, schöne Frau. Da hat der Chef ja nicht übertrieben, Sie sind ja wirklich eine Klassebraut. Ich soll Ihnen Lebensmittel bringen und dafür einen Mantel und einen Hut oder so was Ähnliches abholen.«

Da erkannte die Frau den Burschen wieder. Das war der Fahrer und Leibwächter des »Kamelhaarmantels«. Als sie an ihm vorbei blickte, sah sie den rot-schwarz lackierten »Horch« in ihrer Einfahrt stehen. Der Wagen war leer, der Schieber war nicht mitgekommen.

Sie ging mit dem Fahrer zum Wagen. Gemeinsam luden sie die ausgehandelten Waren aus.

Der Gangster-Boss hatte Wort gehalten, und alles, was er ihr versprochen hatte, mitgeschickt.

Mit einem letzten, traurigen Blick sah die Frau noch einmal auf ihren Mantel, ehe sie ihn schweren Herzens dem Fahrer übergab. Mantel und Kappe waren ein Geschenk ihres Mannes gewesen und hatten vor dem Krieg fast 1000 RM gekostet. Dafür hatte sie nun Lebensmittel eingetauscht, die zur gleichen Zeit nicht mehr als 10 RM gekostet hatten. Trotzdem war die Maggelfahrt der Frau ein voller Erfolg und ein riesiger Gewinn. Denn sie hatte sich ein Menschenleben erkauft. Ihr Ehemann wurde wieder gesund. Die zusätzlichen Kalorien hatten ihn gerettet.

Die Bruynsche Madonna kam auf ihren alten Ehrenplatz und wurde nie mehr zum Verkauf angeboten. Heute hängt sie im Wohnzimmer des Enkels der schönen Radfahrerin von 1946.

Der hat die Kostbarkeit für eine halbe Million € gegen Diebstahl versichern lassen.

DAS DOPPELTE WUNDER DER HEILIGEN JUNGFRAU

Langsam rollte ein Personenzug in den Hauptbahnhof ein. Die Dampflok schickte prustend und keuchend weiß-gelbe Dampfwolken gegen das von den Bomben zerfetzte Dach der Bahnhofshalle. Sie zog ein Dutzend voll besetzter Waggons in den Bahnhof. Kaum ein Wagen glich dem anderen. Die Reichsbahn musste nehmen, was der Krieg ihr übrig gelassen hatte. Es waren die unterschiedlichsten Modelle, die da herein rollten. Wagen, die nur eine Tür nebst Plattform an Kopf und Heck hatten. Wagen, an denen jedes Abteil seine eigene Eingangstür hatte. Da gab es hohe und niedrige, braune, graue und rote Waggons. Man konnte glauben, ein Wanderzirkus besuche die Stadt. Als der Zug hielt, war der Bahnsteig bald voller Menschen. Viele davon waren mit Hamstergütern wie Kartoffeln, Kohl und Rüben bepackt. Der Zug kam aus Aachen, in Düren waren dann die Hamsterer zugestiegen. Die waren am Vortag von Köln nach Düren gefahren und von da aus zu Fuß in die Eifel gewandert. Sie hatten bei den Bauern dort gehamstert. Für ihre letzten Habseligkeiten bekamen sie von ihnen ein paar Agrarerzeugnisse. Das konnte man nicht an einem Tag schaffen. Darum übernachteten die Hamsterer irgendwo in einem Wald, einer Feldscheune oder einem Stall, um dann am nächsten Morgen wieder nach Köln zurückzufahren. Die Nacht draußen verbringen zu müssen, war alles andere als gemütlich, denn es ging schon auf Weihnachten zu. Die Winter waren in diesen Jahren bedeutend kälter als heute, und so war es für die Hamsterer schon ein Luxus, wenn sie Zuflucht in einer Scheune fanden und sich dort unter dem Heu verkriechen konnten.

Unter den Fahrgästen war auch ein altes Mütterchen. Die gehörte nicht zu den Hamsterfahrern, denn sie hatte kein Gepäck. In der rechten Hand hielt sie einen schwarzen Stockschirm, auf den sie sich beim Gehen abstützte, und in der linken eine mit Spitzen besetzte Stoffhandtasche, wie ältere Frauen sie beim sonntäglichen Kirchgang mit sich führten. Sie war in Horrem zugestiegen. Das war nur möglich gewesen, weil ein junger Mann ihr seinen Platz im Abteil angeboten und selbst dann auf dem Trittbrett stehend die Fahrt fortgesetzt hatte.

Die Frau wollte zum Dom, um dort vor dem Marienaltar der Heiligen Jungfrau für ein Wunder zu danken, dass die Madonna ihr gewährt hatte.
Sie hieß Anna Kings, und ihre Familie lebte seit Generationen in Horrem. Sie war eine einfache, ein wenig einfältige, tief religiöse Frau. Anna Kings war schon lange Witwe und lebte in der Familie und im Hause ihres Sohnes. Ihre Schwiegertochter hatte ihr vier Enkel geschenkt, drei Mädchen und einen Jungen. Den Jungen hatte sie besonders in ihr Herz geschlossen, und es traf sie sehr hart, als man ihn 1944 zu den Soldaten eingezogen hatte. Gerade einmal 18 Jahre war er damals alt. Mehr ein Kind noch, als schon ein Mann, der andere Männer töten sollte. Nach einer viel zu kurzen Ausbildung war er an die Front geschickt worden.
Die Familie hatte lange nichts von ihm gehört. Er wurde, so war die offizielle Bezeichnung, als »an der Ostfront vermisst« gemeldet.
Nachdem der Krieg schon über ein Jahr vorbei war und sie noch immer kein Lebenszeichen von ihm erhalten hatten, war die alte Frau vor einem Monat nach Köln gefahren, um im Dom die Madonna um Hilfe anzuflehen. Sie war über Trümmerberge gestiegen und dann, vorbei an einem zerschossenen Panzer, in den Dom gegangen.
Vor dem Bahnhof und um den Panzer herum standen viele Männer, die ihr beim Vorbeigehen geheimnisvolle Worte zuflüsterten. Sie hatte sie nicht verstanden. Erstens hörte sie ein wenig schlecht und zweitens hatte sie auch nicht hinhören wollen. Denn eine fromme, anständige Frau ließ sich ja nicht auf der Straße von fremden Männern ansprechen. Vom »Schwarzen Markt« hatte sie wenig Ahnung und konnte deswegen die Geschehnisse um sich herum nicht richtig einordnen.
Als sie den Dom betrat, war sie sehr erschüttert. Das Innere des Gotteshauses war stark beschädigt und bot sich ihrem Blick als eine riesige Baustelle dar. Wenn auch der Dom, als einziges noch erhaltenes Gebäude, die Trümmerwüste der Innenstadt überragte, so war er doch auch von über 80 Bomben getroffen worden. Die Alliierten hatten den Dom, entgegen anders lautenden Berichten, nicht geschont, sondern nur durch seine enorme Masse war er vor dem Einsturz bewahrt worden.
Anna Kings war hinüber zum Marienaltar gegangen. Dort hatte man mit einigen Holzwänden eine Absperrung gebaut. Die sollte den Gläubigen, die dort ihre Andacht verrichten wollten, ein wenig Ruhe vor der Hektik der Bauarbeiten bieten. Sie hatte sich vor das Bild der Jungfrau

gekniet und diese in einem stummen Gebet um die Rückkehr ihres Enkels angefleht.
Vor gut einer Woche war dann eine Karte des Roten Kreuzes in Horrem angekommen. Darauf hatte der Vermisste mitgeteilt, dass er aus russischer Gefangenschaft entlassen sei, im Lager Friedland wäre und in wenigen Tagen nach Hause kommen würde. Vorgestern war er dann bei seiner Familie eingetroffen. Kahl geschoren, ausgemergelt und blass hatte er vor ihnen gestanden. Seinen Eltern brach fast das Herz, als sie sahen, welche tiefen Kerben der Krieg und die Gefangenschaft in sein Gesicht gegraben hatten. Aber für seine Oma war nur eines wichtig: Er lebte und war wieder heimgekommen. In ihrer tiefen Frömmigkeit glaubte sie fest, dass die Tatsache, ihren Enkel wieder in die Arme schließen zu können, einem Wunder zu verdanken war. Einem Wunder, das die Jungfrau Maria ihr nach ihrer Wallfahrt in den Kölner Dom gewährt hatte. Sohn und Schwiegertochter waren nicht so gottesfürchtig, aber sie ließen die Großmutter in ihrem frommen Glauben. Sie waren glücklich, ihren Sohn wieder bei sich zu haben, und ihnen war es egal, durch welche Umstände er wieder heimgekehrt war.
Spontan hatte Anna Kings beschlossen, nach Köln zu fahren und der Jungfrau für dieses Wunder zu danken. Heute hatte sie ihren Entschluss wahr gemacht, und jetzt trippelte sie, sich auf ihrem Schirm abstützend, durch die Trümmer in Richtung Dom. Erneut kam sie an den seltsamen Männern vorbei, auch heute wisperten sie ihr wieder geheimnisvolle Worte zu. Sie verstand so etwas wie Kaffee, Butter, Zigaretten. Die Frau aber strafte sie auch heute mit Nichtachtung. Mit stolz erhobenem Kopf lief sie vorbei, eine Anna Kings aus Horrem ließ sich nicht so einfach anschwatzen. Dann betrat sie den Dom und ging sofort in die abgeteilte Nische vor dem Marienaltar. Dort kniete sie vor der Madonna nieder. Als sie ihr Dankgebet beendet hatte, schickte sie mit einem Stoßseufzer den Satz hinterher: »Ehrwürdige Jungfrau, bitte gewähre uns ein weiteres Wunder und sorge dafür, dass wir ein wenig mehr zu essen bekommen. Der Junge ist in der Kriegsgefangenschaft so abgemagert. Ein wenig Speck und Schmalz würde er dringend brauchen. Amen.«
Sie zündete eine Kerze an, die hatte sie von dem kleinen Vorrat, den sie zu Hause noch besaßen, abgezweigt und stellte sie zu Füssen der Madonna auf. Dann bekreuzigte sie sich und ging zum Ausgang. Vor dem Dom herrschte plötzlich großer Trubel. Lastwagen rollten heran. Polizisten

sprangen heraus, formierten sich in Reihen und liefen auf den Vorplatz. Die dunklen Gestalten rannten in Panik durcheinander. Die deutsche Polizei, verstärkt durch die amerikanische Militärpolizei, startete eine Großrazzia gegen die Schieber rund um den Kölner Dom. Anna Kings bekam einen Schreck. Sie verstand das alles nicht, was dort passierte, und zur Vorsicht umfasste sie ihren Schirm und ihre Tasche, in der ihr Gebetbuch war, mit festem Griff. Dann bemerkte sie, dass die Polizisten nur diese frechen Kerle einfangen wollten. »Das geschieht euch recht«, sagte die Frau laut und ein wenig schadenfroh. »Das kommt davon, wenn man vor einem Gotteshaus herumlungert und ehrbare Frauen unsittlich anspricht.« Eine der dunklen Gestalten versuchte, sich im Dom zu verstecken, aber vor dem Portal standen schon einige Polizisten. Der Mann drehte sich um und rannte wieder zurück. Anna Kings hatte nur gesehen, dass er die Stufen vor dem Eingang herab sprang. Sie glaubte, er wäre geradewegs aus dem Dom gekommen. Da sie auf seinem Fluchtweg stand, lief der Schieber direkt auf sie zu. Als der Schwarzhändler die alte Frau sah, die sich wieder vorsichtig auf ihren Schirm gestützt einen Weg durch die Trümmer suchte, kam ihm eine Idee. Er war ein intelligenter Bursche, und blitzschnell formte sich ein Plan in seinem Kopf, wie er vielleicht der Polizei ein Schnippchen schlagen konnte. Die alte Betschwester da kam ihm gerade recht. Die Frau war weitergegangen und um die Ecke gebogen. Dadurch war er mit ihr im Moment in einem toten Winkel, den die Polizisten nicht einsehen konnten. Ehe die Beamten ihn erwischen konnten, würde er der Alten seine Tasche mit der Maggelware in die Hand drücken. Dann würde er sich von der Frau entfernen und sich ohne weiteren Widerstand von der Polizei überprüfen lassen. Da er ja keine Maggelwaren mehr bei sich hatte, musste die Polizei ihn als harmlosen Passanten behandeln und ihn nach kurzer Überprüfung wieder freilassen. Danach würde er dann hinter der Alten herrennen und ihr die Tasche wieder abnehmen. So langsam wie die war, würde er sie ohne Probleme einholen können.

Jetzt hatte er die Frau erreicht. Er hielt ihr die Tasche entgegen und herrschte sie drohend an: »Los, nehmen Sie die Tasche, und dann gehen Sie ruhig weiter. Gehen Sie in Richtung Hauptbahnhof.«

Anna Kings schaute ihn verwirrt und unschlüssig an.

»Nun nehmen Sie endlich die Tasche!«, befahl er nervös.

»Sie sind aus dem Dom gekommen. Schickt Sie die Jungfrau Maria?«

Er hörte die Schritte der näherkommenden Häscher und wurde von Panik erfasst. Verdammt noch mal, warum nahm die Alte nicht endlich die Tasche an.
»Hat die Jungfrau Sie geschickt?«, wiederholte die Frau ihre Frage.
»Wenn Sie wollen, dann haben mich die Jungfrau oder meinetwegen auch die zwölf Apostel geschickt. Nun nehmen Sie in Gottes Namen endlich die Tasche.« Nach diesen Worten drückte er ihr die Tasche vor die Brust, drehte sich um und ging von der Frau weg. Anna Kings war völlig verwirrt. Was hatte der Mann gesagt? Sie solle die Tasche in Gottes Namen nehmen? Sie wäre von der Jungfrau Maria und den zwölf Aposteln? Dann lief ein verklärtes Lächeln über ihr Gesicht. Sie glaubte nun in ihrer einfachen Art, das von ihr erbetene Zusatzwunder wäre ihr schon gewährt worden. Als die Polizisten um die Ecke bogen, achteten sie gar nicht auf die alte Frau und rannten an ihr vorbei. Anna Kings hatte sich zum Dom hin gewandt. Die Tasche hielt sie mit den Armen fest vor ihre Brust gepresst, und voller Inbrunst schickte sie ein Dankgebet an die Jungfrau und alle Heiligen, die sie kannte. Danach ging sie weiter in Richtung Hauptbahnhof. Die Polizei ließ sie völlig unbehelligt, und so war sie bald im Bahnhofsgebäude. Der Plan des Schiebers war also aufgegangen. Aber er hatte trotzdem verloren. Einige Beamte in Zivil hatten sich vor der Razzia unter die Schwarzhändler gemischt und ihn bei mehreren Schwarzmarktgeschäften beobachtet. Sie konnten ihn identifizieren. Obwohl er keine Ware dabei hatte, wurde er mit seinen anderen Kumpanen verhaftet und dem Schnellrichter zugeführt. Niemand machte Anna Kings mehr »ihr Wunder« streitig.
Als sie im Zuge saß und auf der Heimfahrt war, öffnete sie die Tasche. Sie hielt sie so vor sich, dass keiner der anderen Fahrgäste hineinsehen konnte. Der Inhalt bestand aus zwei Paketen Kaffee, einigen Schachteln englische Zigaretten der Marke »Navy Cut«, drei Dauerwürsten, vier Päckchen Deutscher Markenbutter und einem Säckchen Weizenmehl. Anna Kings war glücklich. Zufrieden lehnte sie sich zurück, dabei hielt sie die Tasche sorgsam, fast liebevoll in ihren Armen. Jetzt konnten sie Weihnachten feiern. Für ein gutes Festtagsessen würde sie einige der erhaltenen Lebensmittel zur Verfügung stellen, aber alles andere war für den Jungen.
Bevor sie ein weiteres Dankgebet gen Himmel schickte, dachte sie bei sich: Es ist ja nicht genau das, was ich bestellt habe, aber die Jungfrau wird wohl nichts anderes gehabt haben.

SPEZIALEINSATZ FÜR ARNOLD 12

Es war schon lange nach 1 Uhr und somit Sperrstunde. Die Wirtin hatte die Musikbox leise gestellt, die Eingangstür verschlossen und die Außentransparente und Bierreklamen ausgeschaltet. Den noch recht zahlreich an der Theke verbliebenen Gästen hatte sie gesagt, dass sie noch eine letzte Runde bekämen, aber nur, wenn sie nicht so laut wären. Sie wollte nämlich keinen Ärger mit der Polizei haben.
In der Gaststätte »Im Schlauch« auf der Friesenstraße würde nun langsam die Nachtruhe einkehren. Hans, der Wirt, stand am Spülbecken und spülte mit Eifer und Akribie die Bier- und Schnapsgläser, die ihm seine Frau und die Kellner brachten. Auf seinem Gesicht lag ein freundliches Lächeln. Den Kopf hielt er schräg und ein wenig geneigt, sodass er die Gespräche seiner Gäste besser verstehen konnte. Während er seine dunkle Brille zurecht rückte, pfiff er gut gelaunt den Schlager mit, der leise aus der Musikbox herüber klang. Sicheren Schrittes ging er noch einmal zu seiner Frau hinüber, die an den Zapfhähnen stand. Mit einigen schnellen Arm- und Handbewegungen hatte er sich überzeugt, dass unter den Hähnen keine schmutzigen Gläser mehr abgestellt waren. Er tätschelte den Arm seiner Frau: »Haben wir es für heute geschafft, Schatz?«
Sie legte ihre Hand auf seine und drückte sie liebevoll: »Ja, jetzt ist Schluss, ich habe die letzte Runde ausgeschenkt. Noch ein halbes Stündchen, dann werden wohl auch die letzten ›Kläfbotze‹ endlich nach Hause gegangen sein, und wir haben Feierabend.«
Er legte ihr den Arm um die Schulter. »Ich habe alles gespült, die Küche ist aufgeräumt und auch das Leergut hab ich schon raus gebracht. Schaffst du den Rest alleine? Dann könnte ich nämlich mit Butz noch eine kurze Runde drehen.«
Das freundliche Lächeln verschwand aus ihrem Gesicht. »Muss das denn sein? Heute war ein langer Tag, und wir haben uns unsere Ruhe redlich verdient.«

»Bis es so weit ist, dass du abschließen kannst, sind wir längst zurück. Komm, gönn mir doch die Freude.«
»Na gut, meinetwegen könnt ihr fahren. Aber lange geht das bestimmt nicht mehr gut. Irgendwann wird dich die Polizei erwischen, und dann ist der Katzenjammer groß. Die Strafe, die sie dir dann aufbrummen, musst du von deinem Sonntagsgeld bezahlen. Ich werde nichts dazu tun.«
»Danke«, sagte er lachend und gab ihr einen dicken Schmatz auf die Wange. »Aber dann musst du mir erstmal ein Sonntagsgeld bewilligen. Bis jetzt musste ich doch immer zum Nulltarif schuften.«
»Nun mach schon, dass du weg kommst, damit ich nicht so lange auf dich warten muss«, gab sie ebenso lachend zurück. Die beiden verstanden sich wirklich gut, und Myra wusste es zu schätzen, dass ihr Mann, trotz seiner Behinderung, ihr so viel wie möglich von der Arbeit abnahm, die in einer gut gehenden Gaststätte anfällt.
Hans ging in Richtung Küche, genau im richtigen Moment hob er seinen Arm und schob den Vorhang zur Seite, der dort in der Türe hing. Er durchquerte die kleine Küche, öffnete die Tür zu einem Waschraum und hängte die Lederschürze, die er sich unterwegs abgebunden hatte, zielsicher an den dafür gedachten Haken. Von der Ablage unter dem Spiegel nahm er einen Kamm und frisierte sich sorgfältig. Dann drehte er sich mit Elan herum und ging den gleichen Weg zurück. Nun, das wäre ja eigentlich nichts Besonderes, wenn nicht die Küche und der Waschraum unbeleuchtet und stockdunkel gewesen wären. Aber Hans brauchte kein Licht, denn seine ganze Welt war dunkel. Hans war blind. Hier kannte er sich überall aus, wusste, wo jede Tür war und wo jedes Möbelstück stand. Das machte ihn absolut sicher in seinen Bewegungsabläufen, und wer von seiner Behinderung nichts wusste, hätte niemals geglaubt einen Blinden vor sich zu haben.
Als er wieder im Schankraum war, sagte er zu einem der Gäste, der in lebhaftem Gespräch vertieft vor dem Tresen stand: »He Butz, komm doch bitte mal her.«
»Moment, Hans«, rief Butz zurück. Er beendete sein Gespräch und ging dann zum Wirt hinüber, der an einem Durchgang am Ende der Theke stand. Butz war ein schlanker, mittelgroßer Mann von 35 Jahren und hieß eigentlich seit seiner Taufe Georg. Er war ein südländisch aussehender Typ mit schwarzem Haar und dunkelbraunen, fast schwarzen Augen. Obwohl er aussah wie ein Spanier oder Italiener, war er ein echter »köl-

scher Jung«. Seine Familie lebte seit mehreren Generationen in Köln, und Butz war sogar hier in der Friesenstraße geboren. In den Kinos lief im Moment mit riesigem Erfolg der Film »Denn sie wissen nicht, was sie tun« mit James Dean in der Hauptrolle. Georg hatte große Ähnlichkeit mit dessen Gegenspieler, der in dem Film Butz genannt wurde. Sofort kleidete sich Georg wie dieser Filmstar mit engen schwarzen Jeans und schwarzer Lederjacke. Schlug den Kragen seines Hemdes hoch und trug ein kleines Seidentuch um den Hals. Dazu hatte er ein Foto des Schauspielers mit zu seinem Frisör genommen und sich die Haare genau so, wie dieser Butz sie im Film trug, schneiden und frisieren lassen. Es dauerte gar nicht lange, und seine Freunde und Bekannten nannten ihn nur noch »Butz«. Er war ein gewitzter und intelligenter Bursche, der seine Finger in vielen Geschäften stecken hatte. Offiziell hatte er eine kleine Stuckateurfirma, doch wenn sich die Gelegenheit bot und irgendwo eine schnelle Mark zu machen war, scheute er kein Risiko. Kürzlich war es ihm gelungen bei einem Geschäft, das an der Steuer vorbei laviert worden war, einen satten Gewinn zu machen. Als er hörte, dass Myra und Hans ihr Lokal renovieren wollten, aber nicht die Mittel dafür flüssig hatten, war er gleich bereit, ihnen einen Kredit zu geben. So hatte er sein Schwarzgeld, das er ja nicht zur Bank bringen konnte, sofort mit gutem Gewinn wieder eingesetzt.
»Was ist los, Hans? Gibt es Probleme?«
»Nein, nein, alles paletti. War ein gutes Geschäft heute, und Myra wird bestimmt zufrieden sein, wenn sie gleich die Tageseinnahmen abrechnet.«
Butz grinste und schlug seinem Gegenüber leicht auf die Schulter: »Das hört man gerne, dann habt ihr ja kein Problem, die nächste Rate zurückzuzahlen.«
»Du hast bis heute dein Geld noch immer pünktlich bekommen, auch wenn es uns manchmal schwer fiel.« Hans hatte sein Lächeln nicht verloren, aber seine Stimme war doch einen Ton schärfer geworden.
»Na, sei nicht gleich beleidigt, war doch nur ein Scherz. Also, was kann ich für dich tun?«
Hans war schon wieder versöhnt und fragte leise: »Hast du Lust und Zeit, mit mir eine Runde zu drehen? Wäre jetzt der richtige Moment, es ist kaum Verkehr, also sind die Straßen leer, und die Schmier (Bezeichnung in der Kölner Halbwelt für die Polizei) ist jetzt auf ihren Wachen.«

»Och Hans, ich bin müde und wollte gerade verschwinden. Warum immer ich? Frag doch mal jemand anderes.«
»Du bist der beste Partner für diese Tour. Du bist ein guter Fahrer und hast schnelle Reaktionen, aber was noch wichtiger ist, du kannst deinen Mund halten. Du hängst nicht gleich alles an die große Glocke.«
Butz war geschmeichelt: »Nun ja, wenn es unbedingt sein muss. Aber nur 'ne kurze Spritztour, keine Weltreise.«
»Na klar, lass uns sofort starten, umso schneller sind wir zurück.« Hans holte sich seine Wildlederjacke und nahm den Autoschlüssel aus Myras Tasche. Butz hob die Klappe hoch, die über dem Durchgang lag, griff Hans am Jackenaufschlag, zog ihn hinter der Theke hervor und verschloss den Durchgang dann wieder. Die beiden gingen durch das Lokal zum Ausgang. Butz hielt sich neben Hans und hatte seine Hand auf dessen Schulter gelegt. Mit festem Griff dirigierte er den Blinden durch die letzten Zecher und hinaus auf die Straße. Ein paar Meter die Straße hinunter parkte der schwere PKW der Wirtsleute. Es war ein schwarzer Mercedes Benz 220 SE, Baujahr 59. Der erste Mercedes mit Heckflossen und für seine Zeit von einer bestechenden Eleganz. Obwohl er schon fünf Jahre alt war, wirkte er wie neu. Der Wagen gehörte eigentlich Myras Vater, der auch weiterhin Steuern und Versicherung bezahlte. Aber da er stark rheumatisch war und nicht mehr selbst fahren konnte, hatte er seiner Tochter den Wagen als Dauerleihgabe überlassen. Dafür musste die ihn gelegentlich zur Ahr fahren. Dort bei seinem Lieblingswinzer trank sich der Alte dann einen Rausch an und schnarchte bei der Heimfahrt friedlich vor sich hin.
Hans schloss die Wagentür auf, und Butz setzte sich hinter das Lenkrad. Geschickt manövrierte er den eng eingeparkten Wagen auf die Fahrbahn. Er beugte sich zur Seite und öffnete die Beifahrertür. Dann stieg er aus. Während er um den Wagen herumging und sich auf den Beifahrersitz setzte, nahm Hans hinter dem Steuer Platz. Liebevoll, fast zärtlich glitten seine Finger über die Bedienungselemente und den Schaltknüppel. Dann schaltete er das Radio ein und suchte so lange, bis er WDR 4 gefunden hatte. Butz seufzte hörbar auf, das kannte er schon von vergangenen Fahrten. WDR 4 war der Lieblingssender von Hans, jetzt musste er sich die ganze Zeit deutsche Schlager anhören. »Mensch Hans, muss es denn immer dieses Hausfrauen-Schnulzen-Programm sein? Stell doch den WDR 2 an, der hat um diese Zeit ein heißes Rock 'n' Roll-Programm.«

Doch Hans tat so, als ob er die Frage nicht gehört hätte und sang mit Peter Kraus im Duett: »Rote Rose Rosemarie, goldne Spangen kaufte ich für sie ...« Mehr Text kannte er nicht, summte aber die Melodie weiter mit. Dann verstummte er und richtete seine Aufmerksamkeit wieder auf die bevorstehende Fahrt. Der Motor schnurrte derweil leise im Leerlauf. Hans trat die Kupplung und legte vorsichtig den ersten Gang ein. In seiner üblichen Haltung, den Kopf zur Seite und ein wenig nach unten geneigt, damit er auf alle Geräusche reagieren konnte, wollte er gerade losfahren, als Butz ihn mal wieder ermahnen musste: »Also Hans, halt den Kopf grade und dreh deine Nase nach vorne. Wenn du auch nichts sehen kannst, so musst du wenigstens so tun, als ob. Wenn uns unterwegs ein Streifenwagen begegnet und du schaust beim Fahren die ganze Zeit seitwärts zu Boden, dann glauben die Polizisten, sie wären im falschen Film und halten uns sofort an.«
Gehorsam drehte Hans seinen Kopf in Fahrtrichtung, ehe er ungeduldig fragte: »Kann ich losfahren?«
»Okay, du hast freie Bahn bis zur Ampel am Hohenzollernring.«
Hans begann seine Fahrt. Langsam beschleunigte er und legte, immer auf den Motor lauschend, den zweiten und dann den dritten Gang ein. Da die Straße im geraden Verlauf auf die Ringe führte, musste Butz nur einmal korrigierend eingreifen indem er sagte: »Ein wenig nach rechts einschlagen, nicht zu viel, ein wenig nach links. Gut so und weiter geradeaus. Vor der Ampel kamen seine Befehle: »Gas weg! Leicht abbremsen! Zweiter Gang einlegen! Auskuppeln, langsam halten – und stopp!« Als die Ampel auf Grün sprang, dirigierte er seinen Fahrer nach links auf die Ringstraße hinaus. Dort ordneten sie sich in den fließenden Verkehr ein und fuhren in Richtung Rudolfplatz. Ohne zu rucken und ohne Schlenker fuhr Hans genau nach den Anweisungen von Butz. Natürlich alles in langsamem, ja fast gemächlichem Tempo. Ein Taxifahrer, den sie durch ihre Fahrweise aufgehalten hatten, setzte seinen Wagen neben sie und schrie aus seinem offenen Fenster herüber: »Dat es ens widder typisch, Ehr Scheiß-Mercedes-Fahrer meint wal, ehr hätt de Vörfahrt mit der Protzkar metjekauf.«
Hans nickte ihm freundlich zu und hob die Hand zum Gruß. Der Taxifahrer schüttelte den Kopf, gab Gas und überholte zügig. Butz gab in ruhiger Sachlichkeit seine Anweisungen, und Hans steuerte den Wagen ohne Zwischenfälle bis zum Rudolfplatz. Nun bogen sie nach rechts ab

auf die Aachenerstraße, um die Ruinen des alten Opernhauses herum, überquerten die Ringe und fuhren am Hahnentor vorbei in Richtung Neumarkt. Der Verkehr war um diese Zeit mehr als mäßig und so wurden sie nur gelegentlich von anderen Nachtschwärmern überholt. Als sie bei der Ausfahrt vom Neumarkt auf die Cäcilienstraße an einer roten Ampel standen, rollte ein Streifenwagen neben sie. Butz setzte Hans davon in Kenntnis. Der legte seinen Arm auf die offene Fensterkante, schaute lächelnd zu dem Polizeifahrzeug hinüber und grüßte die Beamten, indem er sich mit zwei Fingern an die Stirn tippte. Die genaue Blickrichtung konnte er nach dem Funkverkehr ausrichten, der aus dem geöffneten Fenster des Polizeiautos herüber klang. Der Beamte auf dem Beifahrersitz grüßte mit der gleichen Geste zurück. In diese Zeremonie kam die Befehle von Butz: »Grün! – Anfahren! – Ruhig bleiben! – Bau jetzt um Himmelswillen keinen Mist!«

Hans schluckte kurz, dann fuhr er gekonnt und problemlos an. Die Beamten, die als Linksabbieger noch kein Grün hatten, blieben zurück und beachteten Hans und Butz gar nicht mehr. Butz stieß den Atem, den er vor Schreck angehalten hatte, hörbar wieder aus. »Da haben wir aber Schwein gehabt, das war knapp.«

Hans grinste zu Butz hinüber. »Nun reg dich doch nicht auf. Die haben jetzt anderes zu tun, als friedliche Mercedesfahrer zu kontrollieren.«

Schließlich kamen sie zum Heumarkt. Die Pause, die sie hatten, als sie an der Kreuzung vor der roten Ampel standen, nutzte Hans, um Butz seine die Weiterfahrt betreffenden Wünsche mitzuteilen: »Vorige Woche war ich mit Myra nach Feierabend noch für ein Stündchen in Deutz beim ›Musikalischen Wirt‹. Der hat ja eine verlängerte Nachtkonzession und muss erst um 3 Uhr schließen. Das war prima dort. Weißt du was, wir fahren jetzt schnell auf ein oder zwei Kölsch zu der Kneipe hin.«

»Mensch Hans, ich glaube, du spinnst. Da müssen wir auf die andere Rheinseite, und auf den Brücken macht die Polizei doch besonders viele Kontrollen.«

Aber Hans hatte die kurz zuvor glücklich ausgegangene Begegnung mit dem Streifenwagen euphorisch und leichtsinnig gemacht. »Ach Butz, hab dich nicht so. Das wird schon gut gehen.« Dabei wiederholte er seine Geste und tippte sich mit zwei Fingern an die Schläfe.

»Okay – aber auf deine Verantwortung. Wenn uns ein Streifenwagen anhält, mache ich die Türe auf und bin wie der Blitz verschwunden.«

Arnold 12 beim Spezialeinsatz

Hans schlug Butz dankbar auf den Oberschenkel und sagte: »Wunderbar, aber hör mit deiner Unkerei auf und mal den Teufel nicht an die Wand.«
Die Ampel schlug um, und Butz dirigierte seinen blinden Freund um den Heumarkt herum. Das war gar nicht so einfach, denn die Verkehrsführung war verwinkelt und unübersichtlich. Zweimal wurden sie von schimpfenden und böse hupenden Verkehrsteilnehmern, denen ihre Fahrweise einfach zu lahm war, überholt. Hans blieb aber gut gelaunt, und wenn er die Wagen vorbeifahren hörte, winkte er freundlich lächelnd den Fahrern zu. Butz musste sich voll auf den recht dichten Verkehr vor der Auffahrt zur Deutzer Brücke konzentrieren. Deshalb hatte er nicht bemerkt, dass ein vom Weidmarkt kommender Streifenwagen sich hinter ihren Benz geschoben hatte. Den beiden Beamten war natürlich die betont langsame und gar nicht so sichere Fahrweise des Fahrers aufgefallen. Doch sie blieben erst einmal abwartend auf ihrer Verfolgungsposition. Dann musste Butz bei dem engen, fast rechtwinkligen Abzweig auf die Brücke hinauf mit einem schnellen Griff in das Lenkrad eine Fahrkorrektur vornehmen. Er riss das Steuer herum, um zu verhindern, dass sie mit einem neben ihnen auf der Überholspur fahrenden VW zusammenstießen. Dadurch kam aber das rechte Hinterrad auf den Gehweg und kurz danach wieder auf die Fahrbahn zurück. Der Wagen fuhr nicht in die Kurve, sondern hoppelte wie ein Frosch auf die Brücke hinauf. Jetzt reichte es den Beamten. Der Fahrer schaltete Blaulicht und Sirene ein und überholte Hans. Der andere Polizist winkte dabei energisch mit seiner Kelle aus dem geöffneten Seitenfenster.
Sie bogen direkt vor Hans wieder ein, setzen sich vor ihn und bremsten ihn aus. Butz konnte so gerade noch einen Auffahrunfall vermeiden, indem er Hans ein lautes, langgezogenes »stopp!« zubrüllte und gleichzeitig selbst mit all seiner Kraft die Handbremse zog. Als der Benz nur wenige Zentimeter hinter dem Polizeifahrzeug zum Halten kam, drehte Butz den Zündschlüssel herum und schaltete somit den Motor und das Radio aus.
»Do hammer de Rän, un wat jetz?«, meinte er trocken, mehr zu sich selbst, als an seinen Fahrer gerichtet.
»Nur mit der Ruhe, sie werden uns schon nicht den Kopf abreißen. Schließlich haben wir kein schweres Verbrechen, sondern nur ein Verkehrsvergehen begangen«, gab ihm Hans zur Antwort.
Der Beamte stieg aus seinem Streifenwagen und kam mit einem stren-

gen, offiziellen Ausdruck im Gesicht auf ihren Benz zu. Die grün-weiße Kelle, an der ein rotes, Batterie betriebenes Stopplicht weiterhin aufblinkte, hatte er wie eine Waffe in der Hand. Gebieterisch klopfte er damit an die Scheibe der Fahrertür, die Hans daraufhin herunterdrehte.
»Guten Morgen. Allgemeine Verkehrskontrolle. Die Wagenpapiere bitte.« Knapp und im Befehlston sprach er Hans an.
Während Hans dem Vertreter des Rechts ein freundliches »guten Morgen« zurückbot, zog er die Wagenpapiere aus der Innentasche seines Jacketts und reichte sie höflich dem Polizisten. Der ging hinter den Wagen und verglich die Autonummer. Als er zurück kam, war er ein wenig höflicher.
»Okay, das ist soweit in Ordnung, aber Sie sind uns durch Ihren unsicheren Fahrstil aufgefallen. Haben Sie Alkohol getrunken? Sind Sie mit einem Alkoholtest einverstanden? Ach ja, fast hätte ich es vergessen, bitte geben Sie mir auch Ihren Führerschein.«
Wortlos griff Hans in die Brusttasche seiner Jacke und reichte dem Beamten mit unverändert freundlichem Lächeln seinen Behindertenausweis, der seine Blindheit bescheinigte. Dann antwortete er wahrheitsgemäß: »Nein, ich habe keinen Alkohol getrunken und bin gerne zu dem Test bereit.«
Der Beamte gab ihm mit einer Hand ein Teströhrchen, mit der anderen nahm er den Ausweis in Empfang. Er erklärte Hans zuerst den Ablauf des Testes, wie fest und wie lange man in die Tüte blasen müsse. Dann erst sah er sich den Ausweis an. Sofort kamen in unwilligem, scharfen Ton seine Fragen: »Was soll das denn bedeuten? Das ist doch kein Führerschein, sondern ein Behindertenausweis. Wollen Sie mich auf den Arm nehmen? Also – nochmals, Ihren Führerschein, bitte.«
Hans ließ sich in der Ausführung seines Testes nicht stören. Erst pustete er so lange, bis er in das Plastiksäckchen die geforderte Luftmenge hineingebracht hatte. Dann reichte er das unverfärbte Testwerkzeug dem Beamten zurück. Durch das Pusten etwas außer Atem gekommen, sagte er schnaufend, aber noch immer freundlich lächelnd: »Das haben Sie richtig erkannt, das ist mein Blindenausweis. Dem können Sie entnehmen, dass ich seit meiner Geburt blind bin und zwar zu hundert Prozent.«
Nach dem langen Satz nahm er einen tiefen Atemzug und fügte hinzu: »Also, sagen Sie selbst, wie kann ich denn eine Fahrerlaubnis haben? Wer stellt einem Blinden denn schon einen Führerschein aus?«
Ehe der verblüffte Polizist etwas sagen konnte, meldete sich Butz zu

Wort. Er hatte bis dahin still auf dem Beifahrersitz gesessen und sich überlegt, wie und wohin er am schnellsten verschwinden könnte, jetzt sah er seine Chance gekommen. Die Polizeistreife hatte ihren Wagen genau auf Höhe der Wendeltreppe angehalten, die von der Brücke hinunter zum Blumenmarkt führte. (Heute steht an dieser Stelle das »Hotel Maritim«.) Butz rechnete sich aus, dass dies der richtige Fluchtweg für ihn wäre. Wenn man ihn erwischte, so wäre er seinen Führerschein los. Das wäre eine kleine Katastrophe für ihn, denn er musste mobil sein für seine Firma. Ohne Auto war er aufgeschmissen. Er beugte sich vor und erklärte dem noch nach Worten suchenden Polizisten: »Was – der Mann ist blind? Ich habe in Euskirchen als Anhalter an der Straße gestanden und eine Mitfahrt nach Köln gesucht. Da hat dieser Mann angehalten und mich mitgenommen. Ich hab bald graue Haare über seinen schlechten Fahrstil bekommen. Aber jetzt kenne ich ja den Grund, von einem Blinden kann man ja nicht verlangen, dass er wie ›Graf Berghe von Trips‹ (das Rennidol der damaligen Zeit) fährt. Da habe ich aber Glück gehabt, dass er keinen Unfall gebaut hat.«
Im nächsten Moment riss er die Autotür auf und war wie der Blitz die Wendeltreppe hinunter und in der Dunkelheit unter der Brücke verschwunden. Mittlerweile war auch der Fahrer des Streifenwagens ausgestiegen. Er sah den flüchtenden Butz und schrie: »Halt, stehen bleiben!« Aber als er zum Sprint ansetzen wollte, rief ihn sein Kollege zurück.
»Komm, bleib hier, lass den Spaßvogel laufen. Wir sitzen schon tief genug in der Scheiße, ohne dass du dir noch umsonst die Zunge aus dem Halse läufst. Den findest du in dem Durcheinander der vor dem Blumenmarkt abgestellten Fahrzeuge sowieso nicht mehr.«
»Wieso, was ist denn mit dem Wagen und dem Fahrer los?«
Der Streifenführer klärte seinen Kollegen darüber auf, dass sie hier mit einem blinden Fahrer am Steuer eines PKW ein größeres Problem hätten.
»Na und, wieso sollen wir denn deswegen in Schwierigkeiten stecken?«, fragt der erstaunt.
»Du bist mir vielleicht naiv. Aber du wirst schnell dahinter kommen, was ich meine. Setz dich in den Wagen und melde den Vorfall über Funk der Zentrale. Ich höre das Gelächter der Kollegen schon bis hierhin.«
Gehorsam ging der Mann zurück zum Streifenwagen, setzte sich hinein und stellte das Funkgerät an: »Hier Arnold 12 an Zentrale.«
»Hier Zentrale. Arnold 12, bitte sprechen Sie.«

»Hier Arnold 12, wir befinden uns auf der Deutzer Brücke in Fahrtrichtung Deutz, in Höhe des Blumenmarktes. Ein PKW, Mercedes 220, fiel uns durch unsichere Fahrweise auf. Bei der Überprüfung stellten wir fest, dass der Fahrer von Geburt an blind ist.«
Nach kurzer Pause kam die strenge Anweisung der Zentrale: »Arnold 12, halten Sie Funkdisziplin, blockieren Sie nicht mit Ihren blöden Späßen den Funkverkehr und kommen Sie endlich zur Sache.«
Langsam begann der noch recht junge und unerfahrene Polizist zu begreifen, was sein Kollege gemeint hatte. Er schluckte den Kloß, der sich plötzlich in seinem Hals bildete herunter, und begann erneut mit seiner Meldung: »Der angehaltene PKW-Fahrer ist im Besitz eines Blindenausweises, der ihm bescheinigt, dass er total, also ich meine, absolut und völlig blind ist. Ich meine, überhaupt nichts sehen kann«, stotterte er nervös und verwirrt in das Mikrofon.
Zentrale: »Arnold 12, nun beruhigen Sie sich erst einmal – ein Blinder kann doch kein Auto fahren. Wieviele Personen befinden sich in dem Wagen? Nun erzählen Sie mal der Reihe nach.«
Arnold 12: »Als uns der Wagen auffiel, waren es zwei. Jetzt ist nur noch der Fahrer da.«
Zentrale: »Was soll das denn heißen? Jetzt ist nur noch der Fahrer da. Werden Sie etwas deutlicher in Ihrer Meldung.«
Arnold 12: »Der Blinde hatte einen Beifahrer neben sich sitzen. Der hat dann behauptet, er wäre von dem Blinden als Anhalter mitgenommen worden.«
Mit nur mühsam unterdrücktem Lachen unterbrach ihn der Sprecher in der Zentrale: »Den Blödsinn haben Sie ja wohl nicht geglaubt. Setzen Sie den Beifahrer hinter das Steuer und geben ihm den Befehl, den Wagen zum Weidmarkt zu bringen. Eskortieren Sie das Tatfahrzeug und bringen die beiden anschließend hierhin zum Verhör.«
Arnold 12: »Das geht leider nicht, der Beifahrer ist nach seiner Aussage ausgestiegen und über die Wendeltreppe hinunter auf den Blumenmarkt gelaufen und dort verschwunden.«
Über den Lautsprecher hatte der Fahrer von Arnold 12 schon während des gesamten Funkgespräches Stimmen und leises Gekicher gehört, aber nach seiner letzten Aussage rauschte ihm schallendes Gelächter entgegen. Sein Gesprächspartner hatte wohl das Empfangsgerät lauter gestellt und so hatten seine Kollegen, die vor den anderen Monitoren in der

Funkzentrale saßen, den ganzen Disput mitbekommen und bogen sich nun vor Lachen.
Als der Sprecher sich wieder in der Gewalt hatte, sagte er: »Dann muss einer von Ihnen das sichergestellte Fahrzeug herfahren, aber passen Sie auf, dass Ihnen der Blinde nicht auch über die Wendeltreppe hinunter springt und auf dem Blumenmarkt verschwindet.«
Ehe er den Funkverkehr beendete, hörte der junge Polizist eine weitere Lachsalve in der Zentrale aufrauschen. Dann ging er zurück zu seinem Partner: »Du hattest Recht, wir stecken ganz schön in der Scheiße.« Er deutete auf den immer noch freundlich lächelnden Hans und fuhr fort: »Dank diesem Blindfisch sind wir nun die Witzfiguren für die gesamte Kölner Polizei.«
Unwillig brachten sie Hans und den protzigen Benz zum Weidmarkt. Dort wurde ein Protokoll aufgenommen. Hans behauptete, dass er in seinem Lokal einen ihm unbekannten Gast zu dieser Fahrt aufgefordert habe. Den Namen kenne er nicht und beschreiben könne er ihn logischerweise auch nicht, denn er wäre ja schließlich blind. Aber an der Stimme würde er ihn bestimmt wiedererkennen. Er wolle gerne mit der Polizei zusammenarbeiten und sie sofort benachrichtigen, wenn dieser Mann wieder in seiner Kneipe auftauchen würde.
Hans bekam später eine ziemlich hohe Geldstrafe wegen Gefährdung des Straßenverkehrs aufgebrummt. Da er aber bei seiner Aussage blieb, kam Butz ungeschoren aus dieser Affäre. Seine Fahrten mit dem blinden Hans wurden seine Lieblingsgeschichten, die er in immer neuen Versionen überall oft und gerne erzählte.
Die beiden Männer von Arnold 12 aber waren für eine ganze Weile dem Spott und der Schadenfreude ihrer Kollegen ausgesetzt. Es dauerte lange, bis man sie nicht mehr die »Blindenführer« nannte. Für eine kurze Zeit lachten sogar die Menschen im gesamten Kölner Raum über sie. Denn ein Nachtreporter des Kölner Boulevardblattes »Express« hatte den Polizeifunk abgehört und kam dadurch zu einem tollen Artikel mit der Schlagzeile:
»Blinder Autofahrer narrte die Kölner Polizei.«

DIE GROSSEN STRASSENKÄMPFER

Aus den Hahnentor-Lichtspielen strömten die Besucher der letzten Vorstellung. Sie kamen hinaus in eine laue Sommernacht. Die frische, klare Luft tat allen gut nach dem abgestandenen Mief, der in dem Kino nach vier Vorstellungen herrschte. Alle Vorstellungen waren ausverkauft gewesen, denn auf dem Programm stand der Edelwestern »Fort Alamo«, der ein großer Publikumserfolg war. Es war schon halb zwei, der Film hatte Überlänge, und so war die Spätvorstellung erst jetzt zu Ende. Während die meisten Menschen auseinander gingen, blieben zwei Männer noch einmal vor den Schaukästen des Kinos stehen. Der Film hatte die beiden leidenschaftlichen Kinogänger sehr beeindruckt, spielten doch fast all die großen, immer siegreichen Hollywood-Westernstars darin mit. Von John Wayne bis Richard Widmark waren sie fast im Dutzend vertreten. Nur diesmal waren alle diese sonst immer unbesiegbaren Helden in der Filmhandlung ums Leben gekommen.

Nachdem sie sich noch einmal die ausgestellten Szenenfotos angesehen und ausführlich kommentiert hatten, wandten sie sich ab, um zur Straßenbahnhaltestelle am Rudolfplatz zu gehen. Beide waren jung. Otto war 20 Jahre alt und ein besonnener, ruhiger Mensch. Er war noch in der Ausbildung und wollte einmal Bäcker- und Konditormeister werden. Eddy war Student an der Sporthochschule Köln und gut drei Jahre älter als Otto. Er war ein Lebenskünstler, immer lustig und zu jedem Spaß bereit. Seine Eltern hatten einiges Vermögen, und so konnte er sich auch während seiner Studentenzeit noch den kleinen Freuden des Lebens widmen. Dazu gehörte beispielsweise, in den Kneipen seiner Heimatstadt an der Theke bei einem Glas Kölsch über das Gute und Böse dieser Welt zu diskutieren. Die ungleichen, aus ganz verschiedenen sozialen Schichten kommenden Burschen waren im selben Sportverein, dem »TuS Köln rechtsrheinisch«, der seine Sportanlagen in der Merheimer

Heide, zwischen den Vororten Höhenberg und Merheim, hatte. Sie waren Leichathleten und hatten sich beim gemeinsamen Training kennen gelernt und angefreundet. Da sie beide Anhänger der mittleren und langen Laufstrecken waren, blieb es nicht aus, dass sie in der bekannten 4 x 1500 Meter Staffel ihres Vereines mitliefen und dort viele Meisterschaften auf Kreis- und Landesebene gewonnen hatten.

Otto, der angehende Bäcker, sagte zu seinem Freund: »Also Eddy, dieser Film hat mich doch stark aufgewühlt, ich hab jetzt noch keine Lust, mit der nächsten Bahn heimzufahren. Komm, lass uns noch irgendwo ein Kölsch trinken gehen.«

Eddy war nicht abgeneigt und antwortete kurz: »Meinetwegen, und wo?«

Etwas unschlüssig blieb Otto stehen, dann meinte er: »Die Brabanterstraße ist doch hier ganz in der Nähe. Da ist doch die Kneipe, von der die Jungs im Club so viel erzählen. Ich glaube, sie heißt ›Zur Hölle‹ oder so ähnlich. Da soll doch allerhand los sein.«

Eddy schaute etwas verdutzt zu seinem Freund: »Du meinst bestimmt das Lokal ›In der Höll‹. Ist das dein Ernst, du willst wirklich da hin? Das ist keine normale Kneipe. Das ist so etwas wie eine Insider Bar. Da verkehrt die Kölner Unterwelt. Da sieht man viele aus der Szene. Da triffst du an der Theke Nutten mit ihren Loddels (Zuhälter) oder die bekanntesten Kölner Schläger und Straßenkämpfer. Ein paar Dutzend Jahre Knast stehen da immer vor dem Tresen. Es ist nicht ganz ungefährlich, dort hinzugehen.«

»Das ist eine Welt, die ich gar nicht kenne und von der ich so gut wie nichts weiß. Da würde ich schon gerne mal reinschnuppern, nur um beim Training, wenn die anderen Jungs wieder viel erzählen, auch mal mitreden zu können. Wenn wir uns ruhig verhalten und im Hintergrund bleiben, kann uns doch nicht viel passieren.«

»Okay, gehen wir hin, aber sag bloß später nicht, ich hätte dich nicht gewarnt.«

Die beiden marschierten los. Nach einigen Minuten standen sie vor dem Nachtlokal, das sich im Keller eines dreigeschossigen Wohnhauses befand. Eine Treppe, die direkt von der Straße aus hinunter in die Gasträume führte, war rechts und links von großen, schmiedeeisernen Fackeln gesäumt. An ihren Köpfen zuckten und blinkten tiefrote Neonlichter, die den Eindruck erwecken sollten, als lockten echte Flammen die Gäste in die »Hölle« hinunter.

Während Eddy zielstrebig auf den Eingang zuging, blieb Otto zögernd am Beginn der Treppe stehen.

»Was ist los? Warum kommst du nicht?«

Otto zuckte mit den Schultern: »Wir müssen da nicht unbedingt rein. Vielleicht gibt's doch Ärger, und da ist es ja auch bestimmt sehr teuer.«

Eddy kam die Stufen wieder zurück und fasste Otto am Aufschlag seiner Jacke: »So weit kommt das noch. Erst überredest du mich, unsere Bahn fahren zu lassen und durch die Nacht hier hin zu latschen, und plötzlich bekommst du Schiss und willst nicht mehr in das Lokal. Jetzt haben wir A gesagt, jetzt sagen wir auch B.«

Er ging wieder die Treppe hinunter und zog den immer noch zögernden Otto hinter sich her.

Als sie die schwere Holztür am Eingang aufzogen, hörten sie lautes Stimmengewirr und das Gedudel einer Musikbox. Das Lokal war ganz in Rot und Schwarz gehalten. Überall zuckten und glimmten rote Lichter, um die Wirkung eines Fegefeuers in der Hölle zu erzielen. Aus Séparées, die man mit viel Kunststoff zu Felsgrotten geformt hatte, klangen Gesprächsfetzen und das ordinäre Gelächter von Frauen. Das Lokal war gut besucht. Die beiden mussten fast an der ganzen Theke entlanggehen, bis sie einen Platz fanden. Ein Barhocker war noch frei und wurde von Eddy sofort besetzt. Hinter der langen Theke arbeiteten drei in dem schummrigen Licht recht attraktiv aussehende Bardamen und ein Mann. Otto, der sich neben Eddy an dessen Hocker vorbei an den Tresen gequetscht hatte, winkte dem ihm am nächsten stehenden Barmann zu. Der vierschrötige, Muskel bepackte Kerl mit einem vernarbten Gesicht, kam betont langsam zu den beiden herüber. Mit einer Stimme, der jede Freundlichkeit fehlte, fragte er nach ihren Wünschen.

»Zwei Kölsch«, rief Otto in den Lärm.

»Bei der ersten Bestellung gibt es nur ein Gedeck«, knurrte der Barmann emotionslos zurück. Otto schaut ihn voller Unverständnis an.

Doch ehe er etwas sagen konnte, übernahm Eddy das Gespräch: »Okay, dann bringen Sie bitte zwei Korn und zwei Kölsch.«

Das Gesicht des Barmannes wurde noch finsterer, als er die Bestellung für das billigste Gedeck, das es in dieser Bar gab, entgegennahm.

Eddy grinste: »Man merkt, dass du noch nie in einer Bar warst, man bekommt hier das erste Kölsch nur in Verbindung mit einem Sekt Piccolo oder einem Schnaps.«

»Warum hast du dann keinen Piccolo bestellt, du weißt doch, dass ich keinen Schnaps trinke?«
»Weil Kölsch / Korn 7 Mark 50 kosten und Kölsch / Piccolo die Kleinigkeit von 12,50«, sagte Eddy lässig.
Otto war geschockt, für ein Kölsch zahlte er in seiner Stammkneipe 35 Pfennig. Er schaute ein wenig fassungslos zu seinem Freund: »Mein Gott, für 7 Mark 50 muss ich drei Stunden arbeiten, das ist ja Wahnsinn.«
Der Barmann, der den letzten Satz wohl noch mitbekommen hatte, knallte die Getränke vor den beiden auf die Theke, streckte ihnen seine rechte Hand fordernd entgegen und sagte böse: »Fuffzehn Mark. Un wenn üch dat ze dür es, dohinger es der Usjang.«
Eddy erwiderte schnell: » Nein, nein, alles in Ordnung, hier ist mein letztes Pfund.«
Dabei lachte er den Barmann freundlich an und legte einen 20-Mark-Schein in die ausgestreckte Hand. Der Barmann brachte den Schein zur Kasse, kam zurück und schmiss ein Fünfmarkstück vor Eddy auf den Tresen: »He es ene Heiermann zoröck.«
Während Eddy das Geldstück einsteckte, meinte Otto: »Pfund? Heiermann? Langsam verstehe ich hier gar nichts mehr.«
»Du bist mir vielleicht ein Kölner. Bist hier geboren und weißt noch nicht einmal die Bezeichnungen, die die Kölner für ihr Geld verwenden. Na, dann werd ich dich mal einweihen.« Eddy nahm einen Bierdeckel und während er Otto aufklärte, schrieb er die Werte und Bezeichnungen darauf. »Also pass auf: Ein Fünfmarkstück ist ein ›Heiermann‹, ein 10-Mark-Schein ein ›halbes Pfund‹, ein 20-Mark-Schein ein ›Pfund‹, der Fünfziger ist ein ›halber Schein‹, der 100-Mark-Schein ein ›Schein‹ und der Tausender ist ein ›Riese‹.«
Dann gab er Otto den vollgekritzelten Bierdeckel: »Hier, steck den ein, dann kannst du es zu Hause auswendig lernen.«
»Okay – dann schulde ich dir jetzt einen ganzen und einen halben Heiermann.«
»Quatsch, es gibt keinen halben Heiermann, ich bekomme von dir 7 Mark 50«, lachte Eddy und gab seinem Freund einen Klaps auf den Rücken. Er hob das Schnapsglas mit dem Korn hoch und sagte: »Na denn Prost, auf deinen ersten Ausflug in die Unterwelt von Köln.«
Sie tranken ihre Gläser aus, und Otto schüttelte sich. »Scheiß Schnaps, aber was ich bezahlen muss, das trinke ich auch.«

Damit sie nicht so schnell eine neue Lage bestellen mussten, tranken sie ihr Bier in kleinen Schlucken. Von den Bardamen wurden sie nicht belästigt, ihr Kollege hatte sie wohl informiert, dass von den jungen Burschen nicht viel zu holen wäre.
Eddy zeigte und beschrieb Otto bekannte Typen aus der Szene, die Gäste im Lokal waren. Dabei war er sehr vorsichtig, damit die Betreffenden nur ja nichts bemerkten.
»Da hinten der dunkel gekleidete schwergewichtige Riese mit den schwarzen Haaren und der Mann mit der ausgeprägten Nase daneben, das sind der ›Pastor‹ und die ›Banan‹. Die sind Kellner und Rausschmeißer im ›Schlauch‹ in der Friesenstraße. Jetzt haben sie Feierabend und genehmigen sich hier noch einen. Die Beiden sollen auch ein paar Pferdchen am Laufen haben, aber das weiß ich nicht so genau. Sind gefährliche Leute, denen man am besten aus dem Weg geht.«
Während Otto neugierig die beschriebenen Männer musterte, fügte Eddy noch hinzu: »Du weißt, was das heißt, wenn man ›Pferdchen‹ am Laufen hat?«
»Na klar, ganz so doof wie du mich jetzt hinstellst, bin ich ja nun doch nicht. So nennt man die Frauen, die für diese Leute auf den Strich gehen.«
Aus einem der Séparées kam ein mittelgroßer, wohlgenährter, mit mächtigen Muskelpaketen bepackter junger Mann. Er war in Begleitung von zwei sehr jungen, gut aussehenden Frauen, die auffällig geschminkt waren. Ihre super kurzen Miniröcke und hautengen Pullover ließen erahnen, welchem Gewerbe sie nachgingen. Sie hatten sich rechts und links bei ihrem Begleiter eingehängt und strahlten ihn hingebungsvoll an. Hinter Eddy blieb er stehen und haute ihm mit seiner Hand, die groß wie eine Pfanne war, auf den Rücken. Eddy fiel fast vom Hocker und drehte sich erschrocken um. Dann ging ein Leuchten über sein Gesicht und er begrüßte den Kleiderschrank mit ehrlicher Freude: »Hallo Dieter, das ist aber eine Überraschung. Schön, dich zu treffen. Was machst du denn hier? Ihr habt doch jetzt auch noch euer Lokal geöffnet.«
Dieter deutete mit dem Kopf auf die beiden Mädchen und sagte schmunzelnd: »Man muss ja auch mal nach seinen Geschäften sehen und einen Kassensturz machen. Meine Mutter braucht ja nicht alles zu wissen.«
Nach diesen Worten drehte er sich den Frauen zu, die unbeteiligt, fast schon unterwürfig hinter ihm standen. Nacheinander umarmte er sie,

gab jeder einen dicken Kuss und schob sie in Richtung Ausgang. »Maat et jot, un süht zo, dat der Rubel rollt.« Dann rief er ihnen noch hinterher: »Mer sinn uns morje.«
Er wandte sich wieder der Theke zu. Dort standen plötzlich zwei der Bardamen und taten so, als wischten sie eifrig Bierreste von der Theke. »Hallo Dieter, was darf es sein«, flötete die eine.
»Drei Kölsch för mech un die Junge he.«
»Dürfen wir uns auch etwas einschenken?«, mischte sich die Zweite in das Gespräch.
»Ja, nehmt euch jeder 'nen Piccolo, aber keinen ›Deinhard Lila‹. Den könnt er mem ›Dummse Tünn‹ drinke. Un dann loßt ehr mech en Fredde. Ich will mech en Rauh met de Junge he ungerhalde.«
»Ist in Ordnung Dieter, geht klar.« Die Frauen öffneten ihre Piccolos, tranken Dieter zu und verzogen sich dann gehorsam.
Dieter sagte zu Eddy: »Ich bin doch nicht blöd, der ›Deinhard Lila‹ ist doppelt so teuer wie anderer Sekt. Das ist das Lieblingsgetränk vom ›Tünn‹. Wenn der schon mal hier auftaucht, dann fließt die Marke in Strömen.«
Eddy lachte: »Ja, das stimmt, und die Kapelle muss dann sein Lieblingslied spielen. In Lokalen, die nur eine Musikbox haben, drückt der Wirt sofort das Lied: »Wenn die Sonne hinter den Dächern versinkt.«
»Genau – und wehe, wenn einem das nicht gefällt und man darüber lästert, dann kann der ›Tünn‹ ganz schön fies werden«, bestätigt Dieter »Dummse Tünns« Marotte.
Sie unterhielten sich noch eine Weile miteinander, dann schaute Dieter auf seine Rolex und meinte: »Jetzt muss ich aber los, sonst macht mich meine alte Dame zur Sau und ich bekomme echte Schwierigkeiten.«
»He Jo, zahlen«, rief er dem Barmann zu.
Der war sofort zur Stelle und hatte jetzt sogar ein Lächeln im Gesicht. Dieter griff in seine Hosentasche und holte ein dickes Bündel Geldscheine hervor. Die Scheine waren zu einer Rolle gedreht und wurden von einem Gummiband gehalten. Zu Jo sagte er: »Halt av un zwor alles, wat mer bes jetz he jedrunke han. De zwei Piccolos vun de Mädcher kumme noch dobei un de Junge he krijje noch en neu Rund.«
Als Jo ihm die Summe nannte, die für Otto einen Wochenlohn bedeutet hätte, zog Dieter ohne erkennbare Gemütsregung einige Scheine aus seiner Geldrolle hervor. Er reichte sie Jo mit den Worten: »Stemmp esu, der Rest is für euch vier hinger der Bar.« Dann stopfte er sein Geld wieder in

seine Hosentasche. Mit einem »adtschüss zosamme«, verlies er das Lokal, wobei ihm von allen Seiten »adtschüss Dieter« hinterher gerufen wurde.

Eddy kletterte von seinem Barhocker herunter: »Komm Otto, wir tauschen mal die Plätze, du stehst dir ja sonst die Beine in den Bauch.«

Otto stieg auf den Barhocker und fragte: »Wer war das denn? Der scheint aber hier beliebt zu sein.«

»Das war Dieter Becker, auch ein bekannter Mann hier in der Szene. Er hat den Spitznamen ›Beckers Schmal‹, weil er als Kind so ein schmaler Hering war. Aber das ist schon lange her, du hast ja gesehen, was für ein athletischer Brocken er heute ist. Wir waren in der Schule einige Jahre in der gleichen Klasse und während dieser Zeit recht gut miteinander befreundet.«

»Der Superathlet hat aber immer noch Angst vor seiner Mutter, wie es scheint«, gab ihm Otto zur Antwort.

»Das verstehst du nicht. Der hat keine Angst vor seiner Mutter, höchstens Respekt. Er arbeitet ja auch bei ihr. Sie ist nämlich die Besitzerin und Chefin vom ›Klein Köln‹. Das ist eine bekannte Gaststätte in der Friesenstraße, direkt den Sartorysälen gegenüber. Da wird er jetzt gebraucht, denn da kehren um diese Zeit die Nachtschwärmer in Scharen zu einem letzten Kölsch ein.« Nach einer kurzen Pause fügte er hinzu: »Der ›Beckers Schmal‹ braucht so schnell vor niemandem Angst zu haben. Er ist nicht nur ein guter Straßenkämpfer, sondern auch ein erstklassiger Amateurboxer. Dieses Jahr ist er Mittelrheinmeister im Schwergewicht geworden. Er hat im Endkampf sogar den bekannten Ferdi Peek, den deutschen Vizemeister aus dem Vorjahr, geschlagen. Außerdem akzeptieren sich die Großen aus diesem Halbwelt-Metier gegenseitig und vermeiden Streit untereinander. Nur vor zwei Jahren wäre es fast zu einem ›Krieg‹ gekommen. Als sich die ›Schäfers Nas‹ und der ›Bräuningers Sam‹ gegenseitig in das Gehege kamen. Da der ›Bräuningers Sam‹, obwohl er noch neu in der Szene war, sich nicht einschüchtern ließ, hat die ›Nas‹, kurz bevor die Sache eskalierte, einen Burgfrieden mit ihm geschlossen. Nicht aus Feigheit, sondern aus kühler Überlegung. Er wurde nämlich zu der Zeit stark von der Polizei observiert und konnte sich keinen Bandenkrieg leisten.«

»Du scheinst dich ja in diesem Milieu sehr gut auszukennen«, antwortete Otto erstaunt und mit ein wenig Bewunderung in seiner Stimme. Ehe

Eddy antworten konnte, schickte er noch eine Frage hinterher: »Wer sind denn die größten Verbrecher und die besten Schläger hier in Köln?«
»Bevor ich dir deine Frage beantworte, muss ich dir erst mal etwas erklären. Die Leute, von denen wir gerade sprechen, bewegen sich zwar außerhalb der Legalität, aber der Ausdruck Verbrecher ist zu hart für sie. Das sind keine Mörder, Kidnapper oder Bankräuber. Es sind Zuhälter und Schläger, gewiss, und sicher machen sie auch Gaunereien und krumme Geschäfte. Aber etwas unterscheidet sie stark von wirklich bösartigen Verbrechern: Sie haben einen Ehrenkodex. Es gibt Dinge, die würden sie nie machen. Die klauen keinem alten Mütterchen die Handtasche, die handeln nicht mit Rauschgift oder so was.« Eddy nahm einen Schluck Kölsch und fuhr dann fort: »Da kann ich dir gleich mal zwei Beispiele nennen. Vor einiger Zeit hat man doch den Domschatz aus der Schatzkammer des Kölner Domes geraubt. Die ›Schäfers Nas‹ hat sofort seine großen Beziehungen ausgespielt und die gesamte Kölner Unterwelt, besonders die Hehler auf die Sache angesetzt. Der Gangster, es war ein Holländer, hatte keine Chance, und nach wenigen Tagen konnte die ›Nas‹ den Schatz dem Domkapitel wieder zurückgeben.«
Otto konnte sich nicht erinnern, davon gehört zu haben, obwohl die Medien darüber berichtet hatten.
»Die zweite Sache habe ich sogar selbst erlebt. Es, wie man so schön sagt, am eigenen Leibe erfahren«, erzählte Eddy weiter. »Wir sind doch vom TuS mit einer Mannschaft im vorigen Jahr in Holland beim Enschede Marathon gestartet. Mein Vater hatte mir für die Fahrt seinen Wagen geliehen. Früh morgens hatte ich meine Klamotten eingeladen und bin losgefahren. An der Grenze habe ich dann bemerkt, dass meine Brieftasche mit Geld und allen meinen Ausweisen verschwunden war. Du kannst dir denken, wie mir da zu Mute war. Ich wusste genau, ich hatte die Brieftasche mit genommen. Denn ich hatte mir 200 Mark eingesteckt und mich vergewissert, ob ich alle für die Fahrt benötigten Papiere dabei hatte.«
»Was war denn passsiert?«
Tja, wie sich später herausstellte, hatte ich Schlauberger die Brieftasche beim Beladen des Wagens auf dem Dach abgelegt und vergessen, sie dann wieder einzustecken. Nach einigen Metern war sie natürlich auf der Straße gelandet«, antwortete Eddy.
»Und was hast du dann ohne Geld und ohne Papiere gemacht?«, wollte Otto wissen.

»Ich hatte Glück und bin bei der Hin- und Rückfahrt an der Grenze nicht kontrolliert worden. Von Vereinskameraden konnte ich mir etwas Geld borgen, und der Veranstalter des Rennens hat mich auch ohne Startpass am Wettkampf teilnehmen lassen.«

»Na, da hast du aber wirklich Glück gehabt«, bestätigte Otto.

Eddy nickte: »Hör zu, es kommt noch besser. Als ich wieder zu Hause war, lag in meinem Briefkasten ein Zettel. Es war wohl eine, aus einem Notizbuch herausgerissene Seite. Darauf war nur ein Satz gekritzelt. Zu meiner großen Verwunderung und noch größeren Erleichterung konnte ich lesen: ›Habe Ihre Brieftasche gefunden, A. Dumm‹ und darunter eine Adresse aus Köln-Rath. Den Namen hatte ich gelesen, ohne mir Gedanken darüber zu machen, nur die Adresse war mir im Moment wichtig. Sofort bin ich zu dem angegebenen Ort gefahren. Es war ein kleines Einfamilienhaus. Auf mein Klingeln öffnete mir ein etwa einsfünfundsiebzig großer Mann. Obwohl er bei dieser Körpergröße wohl kaum ein Riese war, wirkte er auf mich so. Ich hatte noch nie in meinem Leben einen Menschen gesehen, der nur durch seine Statur solchen Eindruck von geballter und unbändiger Kraft ausstrahlte.« Einen kurzen Moment schwieg Eddy ehrfürchtig, bevor er seine Beschreibung fortsetzte: »Beine wie Säulen und Arme dick wie bei einem normalen Mann die Oberschenkel. Er trug ein ärmelloses Unterhemd, und man konnte dicke Muskelstränge sehen, die direkt unter seiner Haut lagen und bei der kleinsten Bewegung ein beeindruckendes Spiel ausführten. Trotz all der Massigkeit wirkte er nicht schwerfällig, sondern bewegte sich schnell und geschmeidig. Der Blick, mit dem er mich musterte, war wachsam und ein wenig lauernd. Er machte auf mich den Eindruck eines Tigers, der auf jeden Angriff vorbereitet war. Mir wurde recht unbehaglich zu Mute. Dieser Mann wirkte mehr als gefährlich. Mein Gott, dachte ich schaudernd, mit diesem Kraftpaket möchte ich niemals in Streit geraten. Dann war mir plötzlich alles klar. Ich erinnerte mich an die Unterschrift auf dem Zettel: A. Dumm. Jetzt wusste ich, dieses A bedeutete Anton. Für Anton sagt man in Köln Tünn – ich stand vor dem gefürchteten Kölner Schläger, dem ›Dummse Tünn‹. Er erwiderte kurz meinen Gruß und fragte: ›Was willst du?‹ In seiner Stimme schwang Neugier gepaart mit Misstrauen und Vorsicht. Ich hielt ihm den Zettel entgegen: ›Wenn das stimmt, was hier steht, dann haben Sie meine Brieftasche gefunden? Das wäre ja zu schön, um wahr zu sein.‹

Das Misstrauen in seinem Gesicht verschwand: ›Ach, du bist das. Na, dann komm mal rein.‹
Mit einem schnellen Schritt, so wie ein Boxer einen Sidestep macht, um den Gegner ins Leere laufen zu lassen, glitt er zur Seite. Ließ mich vorbei und wies mich in ein Wohnzimmer. Dabei blieb er stets hinter mir. In seinem gefährlichen Leben hatte er es sich angewöhnt, möglichst nie jemanden den Rücken zuzuwenden. Nachdem wir Platz genommen hatten, ließ er sich genau die Farbe und die Form meiner Brieftasche schildern und was alles drin war. Als er überzeugt war, dass ich der rechtmäßige Besitzer war, stand er auf und ging zum Schrank. Dort holte er aus einer Schublade meine Brieftasche und gab sie mir mit den Worten zurück: ›Dä, do häste se, es noch alles dren. Ich bedreje doch keine Student.‹
Lachend fuhr Eddy fort: »Als er die Brieftasche gefunden hatte, war ihm mein Studentenausweis aufgefallen. Da hatte er spontan beschlossen, seinen Fund zurückzugeben, denn einen Schüler zu betrügen, das verbot ihm seine Gaunerehre. Nichts hat gefehlt, alles bekam ich zurück, auf Heller und Pfennig, und von einem Finderlohn wollte er partout nichts wissen. Er meinte nur: ›Wenn wir uns mal in einer Kneipe begegnen, kannst du mir ja ein Kölsch ausgeben.‹ Danach saßen wir noch eine Weile zusammen. Er gab sich sehr locker und wurde mir richtig sympathisch, leider habe ich ihn bis heute aber nirgendwo mehr getroffen.«
Otto war beeindruckt, in diesem Licht hatte er »Dummse Tünn« und seine Kumpane nie gesehen. Jetzt wollte er erst recht wissen, wer denn nun der beste Straßenkämpfer von Köln wäre, und er wiederholte seine Frage.
Eddy antwortete nach kurzem Überlegen: »So genau weiß ich das nicht, und eigentlich weiß das keiner. Da kann man zwei in einem Atemzuge nennen: die ›Schäfers Nas‹ und ›Dummse Tünn‹. Wer von den beiden nun der Allerbeste ist, kann ich nicht sagen, denn die zwei haben es bis jetzt noch nie auf einen offenen Streit ankommen lassen. Sie kennen sich gut, und jeder weiß genau, wie gefährlich der jeweils andere ist. Sie haben wohl großen Respekt voreinander und akzeptieren sich gegenseitig. Sollte es aber einmal wirklich zu einem Kampf kommen, dann würde sich die Kölner Halbwelt in zwei Lager spalten, denn beide haben ungefähr gleich viele Anhänger.«
Otto und Eddy waren so in ihr Gespräch vertieft, dass sie gar nicht bemerkt hatten, dass eine Gruppe von Männern in das Lokal gekommen

»Dummse Tünn« um 1965

waren. Es waren fünf unangenehme, gewöhnlich aussehende Typen von der Art, die man in Köln als »Krade« bezeichnet. Einer wurde vom Barkeeper mit einem nicht allzu freundlichen »Hallo, Schlipp«, begrüßt. »Schlipp« bildete die Ausnahme unter den fünf. Er wirkte nicht so unangenehm. Er war ein schlanker, gut aussehender junger Mann mit einem freundlichen, aber falschen Lächeln in seinem Babyface. Doch wehe dem, der auf dieses Kindergesicht hereinfiel. Die »Schlipp« war ein Zuhälter und gefürchteter Schläger. Er gehörte zwar nicht zu den ganz Großen in diesem Geschäft, aber er war bekannt dafür, dass er ohne jede Warnung sofort und mit übler Brutalität zuschlug. Immer war er umgeben von miesen Typen, die ihm beistanden, wenn er mal an einen Stärkeren geriet.

Auf der Suche nach einem freien Platz ging er mit seinen Schlägern an der immer noch stark besetzten Theke entlang. Da er keine freie Stelle fand, schaute er nach Leuten aus, die nicht den Eindruck machten, als ob sie gefährlich wären. Als er hinter den Läufern stand, glaubte er die richtige Zielgruppe gefunden zu haben. Er tippte Otto leicht auf die Schulter. Als dieser sich umwandte, sagte er mit freundlichem Lächeln: »Hallo mein Junge, du sitzt auf meinem Platz. Das ist mein Hocker. Danke, dass du ihn mir so lange frei gehalten hast, aber nun verdufte.«

Der Barkeeper, der die Angewohnheiten von »Schlipp« kannte, war gleich zur Stelle, und noch ehe Otto zu einer Antwort ansetzen konnte, drohte er: »Schlipp, maach mer keinen Ärjer! Loß die zwei en Rauh, die han der nix jedon. Ußerdäm schingk der Lang he ne jode Fründ vum ›Beckers Schmal‹ ze sin.«

Jetzt zeigte sich das wahre Gesicht von »Schlipp«. Er war ein Raufbold, der Freude daran fand, Menschen zusammenzuschlagen. Außerdem war er heute schlecht gelaunt, er hatte Ärger mit seinen Nutten gehabt und brauchte ein Ventil. Die beiden halben Portionen würde er jetzt verprügeln, davon würde ihn nun keiner abhalten können.

»Na und? Ich bin auch ein Freund vom ›Beckers Schmal‹«, blaffte er Jo an. Er wandte sich wieder Otto zu. Ein erneuter, aber bedeutend härterer Stoß traf dessen Rücken: »Na los, wird's bald, verschwinde von dem Platz hier, sonst helfe ich dir nach.«

Nun mischte sich Eddy in das Geschehen ein. Als er gehört hatte, wer sie da belästigte, war er blass geworden. Verdammt, dachte er, ausgerechnet die brutale »Schlipp«. Fieberhaft hatte er überlegt, wie er sich und Otto

aus diesem Schlamassel raus holen könnte. Dann hatte er einen Plan. Wenn das klappen würde, dann gäbe es wirklich etwas zu erzählen bei den Kameraden vom TuS. Er hielt Otto, der aufbegehren wollte, zurück und sprach den Schläger an: »Hallo ›Schlipp‹, mach hier nicht so einen Wind. Du hast doch gerade gehört, dass ich ein guter Freund vom ›Beckers Schmal‹ bin. Du kannst dir wohl denken, dass der sich seine Freunde sorgfältig aussucht. Ich bin auch ein guter Straßenkämpfer und in Krefeld mindestens so berühmt wie du hier.«
Er war zwar noch nie in Krefeld gewesen, aber auf die Schnelle war ihm kein anderer Ort eingefallen.
»Muss ich mir jetzt vor Angst in die Hose machen?«, fragte »Schlipp« mit einem gemeinen Grinsen.
»Wenn du mich kennen würdest, wäre das vielleicht möglich. Wir können es ja wie echte Straßenkämpfer austragen. Komm mit raus, und du weißt fünf Minuten später, wer sich hier in die Hose machen muss«, gab ihm Eddy frech und scheinbar seelenruhig zur Antwort.
»Schlipp« war von diesem forschen Ton und der mutigen Art beeindruckt, die Eddy an den Tag legte. Da schien ein Kämpfer vor ihm zu stehen, den er nicht mit einem unerwarteten Boxhieb ausschalten konnte, so wie es sonst seine Art war. Kurz wog »Schlipp« seine Chancen ab. Sein Gegner wurde nur von einem kleinen Burschen begleitet, der nicht danach aussah, als wäre er sehr gefährlich. Der würde sich bestimmt nicht einmischen und außerdem hatte er selbst vier üble Schläger bei sich, was sollte da schon schief gehen. Überheblich erwiderte er: »Das brauchst du mir nicht zweimal zu sagen, aber wir können es auch gleich hier unten austragen.«
Zu Eddys großer Erleichterung schaltete sich der Barkeeper wieder ein: »Das werdet ihr auf keinen Fall. Also ›Schlipp‹, der Lang will et med der ovven op der Stroß usdrage. Akzeptier dat, oder du kress he großen Ärger.« Bei diesen Worten schlug er sich bedeutsam mit einem Baseballschläger in die Handfläche. Er hatte längst die beiden Rausschmeißer, die für ihn arbeiteten, herbeigewunken. Die hatten sich links und rechts von den streitenden Parteien aufgestellt und hielten ebenfalls Baseballschläger in der Hand.
»Rückhandwechsel«, zischte Eddy Otto zu. Dann fasste er seinen Freund mit festem Griff hinten in den Hosengürtel, und während er nach vorne trat, schob er ihn von dem Hocker hinunter. Zur »Schlipp« sagte er:

»Also komm schon endlich mit raus, umso schneller haben wir es hinter uns.«

Dann ging er mit forschen Schritten zum Ausgang, Otto dabei weiterhin vor sich her schiebend. Der überlegte in der Zwischenzeit krampfhaft, was Eddy mit »Rückhandwechsel« gemeint haben könnte. Den Begriff verwendeten sie in ihrem Trainingsprogramm, wenn sie die Übergabe der Staffelhölzer einübten. Natürlich! – Plötzlich wurde ihm alles klar, der berühmte Groschen war gefallen. Jetzt verstand er, seine Angst verschwand und ein listiges Grinsen überflog sein Gesicht. Schnell stiegen die beiden die Treppe hinauf. Erst als sie fast oben waren, kamen die »Schlipp« und seine Schläger unten aus der Bar. Eddy und Otto standen auf der letzten Stufe und schauten auf ihre Gegner herunter. Dann trat Eddy vor Otto, drehte sich um und legte seine Hand auf den Rücken. Otto klatschte sie ab und schrie: »Rückhandwechsel hat geklappt«. Schnell wie der Wind spurteten die beiden nach diesem Kommando davon. »Schlipp« und seine Kumpane merkten sofort, dass man sie zum Besten gehalten hatte. Wütend und unflätig schimpfend rannten sie hinter Otto und Eddy her. Doch bald mussten sie einsehen, dass sie die austrainierten Läufer nie einholen würden. Zähneknirschend gaben sie die Verfolgung auf.

Otto und Eddy drosselten daraufhin ihr Tempo und liefen in einem lockeren Trab zur Straßenbahnhaltestelle. Dort bekamen sie gleich eine Bahn, die sie nach Hause auf die Schäl Sick brachte. Ihre »Heldentat« bot noch lange Zeit Gesprächsstoff bei ihrem Training auf der Merheimer Heide.

Der Bericht über »Schlipps« Schlappe gegen die »berühmten Straßenkämpfer aus Krefeld« machte auch in der Szene seine Runde, und die »Schlipp« musste sich manchen Spott und Hohn gefallen lassen.

DIE STRASSE DER KINDHEIT

Es war ein friedvoller Samstagmorgen. Eine goldene Augustsonne lachte aus einem makellos blauen Himmel herab. Großzügig, ja fast verschwenderisch verteilte sie ihre Strahlen über Stadt und Land. Die grauen Wolken, die am Vortag noch Regen und Schwüle gebracht hatten, waren längst vergessen. Ihr Schein ließ die blauen Keramikziegel auf dem Dach des schönen, weiß verputzten Einfamilienhauses in einem flirrenden Glitzern aufleuchten. Markus Berger stand auf der Terrasse seines Hauses und sog zufrieden die Sommerluft, die aus dem noch regenfeuchten Garten stieg, in seine Lungen, bis sich sein Brustkorb dehnte. Dabei schaute er über die Blumenrabatte und die von dichtem Rasen eingefassten Baum- und Buschinseln. Alles war sorgfältig gepflegt, das Gras frisch geschnitten, die Blumenbeete vom Unkraut befreit und die Wege sorgfältig geharkt. Die schönen Anlagen schmiegten sich um das Wohnhaus wie ein buntes Seidentuch um den Hals einer schönen Frau. Es war ein Anwesen von mittlerer Größe, elegant, ohne protzig zu wirken. Obwohl das Gebäude in modernem Baustil errichtet war, strahlte es eine einladende Gemütlichkeit aus. Haus und Garten bildeten eine gelungene Einheit, und dieser Idylle merkte man an, dass sie von der pflegenden Hand einer Frau in Form gehalten wurde.

Markus Berger stieg langsam die vier Stufen von der Terrasse hinab und schlenderte durch seinen Garten. Als er den Zaun erreichte, der sein Grundstück von dem angrenzenden Staatsforst trennte, blieb er stehen. Er wandte sich um und sah mit Stolz auf sein im Sonnenlicht liegendes Heim. An diesem Platz war der Blütenduft noch intensiver, und er schmeckte ihn würzig auf seinen Lippen. Das große anliegende Waldgebiet und das sich daran anschließende offene »Bergische Land« lagen fern jeder Industrie, und die Luft war hier noch rein. Dazu herrschte eine wohltuende Ruhe, das Zwitschern der Vögel war das einzige Geräusch, das die friedliche Stille unterbrach.

Der Besitzer von alldem sah aus, wie sich der normale Durchschnittsbürger einen erfolgreichen Geschäftsmann vorstellt. Bei ihm passte die landläufige Meinung auch zur Realität. Markus Berger führte eine gut gehende und renommierte Anwaltskanzlei. Sein Fleiß und sein Können hatten ihm den heutigen Lebensstil ermöglicht. Vor drei Monaten war er 45 Jahre alt geworden. Das sah man ihm so leicht nicht an, denn er war schlank, fast einen Meter und achtzig groß und hatte eine gute sportliche Figur. Die schmale Kopfform mit der hohen Denkerstirn und seine wachen blauen Augen verrieten Intelligenz. Sein dichtes, welliges Haar war dunkel, allerdings begann es langsam grau zu werden, doch das passte sich positiv seiner gepflegten Erscheinung an und machte ihn noch interessanter.

Markus Bergers ganzer Stolz war seine Familie, mit der er in dem vornehmen Vorort seiner Heimatstadt Köln lebte. Seine Frau Ingeborg war sechs Jahre jünger als er und immer noch eine sehr attraktive Frau mit dunkelblonden Haaren und guter Figur. Sie selbst fand sich zwar ein wenig zu dick, aber für ihn hatte sie gerade die richtigen Maße. Seit 15 Jahren war er nun mit ihr verheiratet. Sie führten eine glückliche Ehe und hatten zwei ausgesprochen hübsche Töchter. Die 13-jährige Britta, schlank und dunkelhaarig, dem Vater sehr ähnlich und die 11-jährige Astrid, blond und ein wenig pummelig, die mehr nach der Mutter kam. Die Wochenenden verbrachte er zumeist im Kreise seiner Familie. Dass er heute alleine war, lag daran, dass seine Frau mit den Mädchen zu einer Jugendfreundin gefahren war. Nach einem gemeinsamen gemütlichen Frühstück waren die drei aufgebrochen und würden erst am späten Nachmittage zurückkommen. Er hatte also fast einen ganzen Tag zur freien Verfügung. Es war schon lange nicht mehr vorgekommen, dass er einmal Zeit nur für sich verplanen konnte. Es warteten keine beruflichen Verpflichtungen auf ihn. Arbeiten hier an Haus oder Garten fielen, dank dem Fleiß seiner Frau, auch nicht an. Es war also die beste Gelegenheit, sich selbst mal einen Wunsch zu erfüllen und etwas ganz Persönliches zu unternehmen.

Während er überlegte, was er denn jetzt unternehmen könnte, musste er sich eingestehen, dass es eigentlich so gut wie nichts gab, was er gern allein gemacht hätte. Das bisschen Freizeit, das ihm sein Beruf und sein übervoller Terminkalender noch ließen, verbrachte er am liebsten mit seiner Familie. Mit seiner Frau verband ihn immer noch eine innige

Zuneigung, und mit seinen Töchtern kam er prächtig aus. Die Mädchen waren richtige »Papakinder« und achteten eifersüchtig darauf, dass er seine Zuneigung gerecht unter ihnen verteilte.

Gerade hatte er den Entschluss gefasst, den freien Tag im eigenen Garten zu verbringen; auf dem Liegestuhl, versehen mit der Zeitung oder einem Buch und einer guten Flasche Wein. Da fiel ihm plötzlich ein, dass er doch schon seit Jahren einen Wunsch hatte, dessen Erfüllung er sich schon oft vorgenommen hatte. Doch es mangelte stets an Gelegenheiten, oder im letzten Moment kam etwas dazwischen. Es war ihm immer mehr zur Herzensangelegenheit geworden, noch einmal da hin zurückzugehen, wo er seine Kindheit und Jugend verbracht hatte. Er wollte noch einmal sein altes »Veedel« besuchen. »Bei uns im Veedel« pflegten die Kölner zu sagen, wenn sie von dem Stadtteil sprachen, in dem sie lebten. Ein Hauch von Stolz und Heimat klang dabei aus ihren Worten, ganz egal, in welchem Stadtteil von Köln ihr »Veedel« lag. Er malte es sich in den schönsten Farben aus, wie er durch die Straßen schlendern, dabei alte Bekannte oder Schul- und Jugendfreunde treffen würde. In einer der für diese Gegend typischen Kneipen wollte er ein oder zwei Gläser Kölsch trinken. An der Theke natürlich, mitten zwischen den anderen Gästen. Er würde den in echter kölscher Mundart geführten Gesprächen lauschen. Dann würde es nicht lange dauern, und man war mitten drin in der Diskussion über den FC oder die »Haie«, über die gestiegenen Preise und den kölschen Klüngel. Kölsch wurde bei ihm zu Hause so gut wie nie gesprochen, seine Kinder verstanden die »kölsche Sprooch«, mit der er aufgewachsen war, nicht mehr. Für sie war Kölsch fast wie eine Fremdsprache.
Eine Weile stand er noch zaudernd in seinem Garten. Er musste erst seine innere Stimme zum Schweigen bringen. Die wollte ihm partout einflüstern, dass es doch viel bequemer wäre, den Tag faulenzend im Garten zu verbringen, als den Wagen aus der Garage zu holen und in die an Samstagen so überfüllte Stadt zu fahren.
Er gab sich einen Ruck und brachte den inneren Schweinehund zum Schweigen, indem er sich sagte: So eine günstige Gelegenheit kommt so schnell nicht wieder, die muss man einfach ausnutzen.
Ein paar Minuten später saß er in seinem teuren Wagen und fuhr in langsamer Fahrt durch die stillen, verkehrsfreien Vorstadtstraßen. Vorbei an

schönen Häusern und Villen, die auf ihren großen Grundstücken, inmitten gepflegter Grünanlagen, von der Morgensonne liebkost wurden. Er hatte sein Radio eingeschaltet und summte leise einen Schlager mit. Durch das geöffnete Seitenfenster spielte der Wind in seinen Haaren. Jetzt war er froh, sich zu der Fahrt entschieden zu haben. Erwartungsvoll und gut gelaunt schaute er seinem Abenteuer entgegen. Er spürte, wie eine freudige Spannung auf die nun kommenden Ereignisse sich in ihm ausbreitete.

Längst hatte er seine Wohngegend verlassen und war auf die stadteinwärts führende Landstraße abgebogen. Hier war der Verkehr schon ziemlich dicht, und er musste sein Augenmerk mehr und mehr auf das Fahren konzentrieren. Mit jedem Kilometer, den er der Stadt näher kam, veränderte sich seine Umgebung. Die Villen und gepflegten Gärten waren schon lange verschwunden. Hohe, an Kasernen erinnernde Siedlungsblocks standen nun rechts und links der Fahrbahn. Sie schienen darum zu wetteifern, wer denn in seiner grauen Eintönigkeit das hässlichste Gebäude der Siedlung wäre. Die wenigen Rasenflächen mit ihren vereinzelten Büschen, die sie umgaben, passten sich dieser Tristesse an. Braun und ungepflegt, von Trampelpfaden zerteilt und mit Abfällen bedeckt, waren sie alles andere als ein schöner Anblick. Das waren die Satellitenstädte, die seit einigen Jahren wie Pilze aus dem Boden schossen. Da wo sie jetzt standen, hatten die Bewohner der weiter zur Stadt hin liegenden Arbeiterviertel früher ihre Schrebergärten gehabt.
Die Wohnsilos blieben zurück, die Straße führte nun durch die Welt der Fabriken mit ihren rauchenden und dampfenden Schloten. Einst weit vor der Stadt erbaut, waren sie nun längst von der ausufernden Großstadt umschlossen. Es war nicht finanzierbar, ihre Hallen, Kessel und das Gewirr von kilometerlangen Rohrleitungen zu demontieren, um sie irgendwo außerhalb wieder aufzubauen. Der Verkehr wurde immer dichter. An den Ampeln stauten sich die Wagen der zum Einkauf in die Stadt fahrenden Bürger.
An einer der Ampeln, auf die sich der Stau in quälender Langsamkeit zu bewegte, sah Markus Berger rechts neben sich mehrere Gebäude in seinem Blickwinkel auftauchen. Schlagartig setzte die Erinnerung ein. Diese Bauten kannte er sehr gut. Es war eine Fabrikanlage, vor der sich eine Mauer mit einem protzig wirkenden, im klassizistischen Stil erbauten

Eingangsportal befand. Das bestand aus Bruchsteinmauerwerk mit einer zweiflügeligen Toranlage aus kunstvoll verarbeitetem Schmiedeeisen und einer integrierten Pförtnerloge. Dahinter lag das Verwaltungsgebäude, das in der gleichen protzigen Art erbaut war. Es verdeckte die in nüchterner, hässlicher Einheit erbauten Werkshallen eines großen Kabelwerkes fast völlig.
Während der Verkehr sich weiter vor quälte, gingen seine Gedanken auf die Reise in die Vergangenheit. Er erinnerte sich ganz genau, und so fiel es ihm leicht, die alten Bilder vor sein geistiges Auge zu holen. Hier hatte früher seine Mutter gearbeitet. Wie oft hatte er als Kind vor dem, ihm damals so riesig vorkommenden Portal gestanden und auf sie gewartet. Wenn um 17 Uhr die Fabriksirene aufheulte und den Feierabend verkündete, strömten die Arbeiterinnen und Arbeiter in dichten Scharen über den Hof und durch das Tor. Wenn er dann die zierliche Gestalt seiner Mutter erspähte, winkten sie sich zu und er lief ihr einige Meter entgegen. Hand in Hand gingen sie den langen Weg bis zu ihrer bescheidenen Wohnung. Unterwegs kamen sie an vielen Geschäften vorbei, oft blieben sie stehen und sahen sich die Auslagen an. Dann träumten sie davon, was sie sich alles kaufen würden, wenn sie einmal reich wären. An schönen Sonntagen fuhren sie mit der Vorortbahn hinaus in die Waldgebiete am Stadtrand. Wenn sie dann an der Endstation ausstiegen und durch die Wohnviertel der »besseren Leute« gingen – wie seine Mutter es ausdrückte – suchten sie sich immer die schönsten Häuser aus, in denen sie leben würden, wenn der erträumte Reichtum jemals Wirklichkeit werden würde. Es war damals sein größter Wunsch, einmal so viel Geld zu haben, dass er mit seiner Mutter in einem solchen Haus, in einer solchen Gegend leben könnte. Dann brauchte sie nicht mehr in den giftigen Dämpfen des Kabelwerkes zu schuften. Damals hatte man noch nicht viel Erfahrung mit dem Umweltschutz. Die Arbeiterinnen und ihre männlichen Kollegen mussten ungeschützt den ganzen Tag lang die giftigen Dämpfe einatmen, die durch die Hallen zogen. Dämpfe, die entstehen, wenn Kupferdrähte mit Geweben umsponnen und anschließend mit heißflüssigen Lacken und Kunststoffen überzogen werden. Markus' Mutter hatte sich freiwillig in die Lackiererei, in die »Lackbud«, wie die Arbeiter sie nannten, gemeldet. Dort gab es ein paar Pfennige mehr Stundenlohn und täglich zwei Liter Milch gegen die giftigen Dämpfe für jeden, der dort arbeitete. Aber anstatt sie selbst zu trinken, kochte seine

Mutter davon Suppen oder köstlichen Pudding, um Haushaltsgeld zu sparen. Alles, was sie erübrigen konnte, legte sie zur Seite, brachte es auf ihr bescheidenes Sparguthaben. Das Geld war dazu bestimmt, es ihrem Jungen einmal zu ermöglichen, aus dem Arbeiterghetto, in dem sie jetzt leben mussten, zu entfliehen. Nie hatte sie sich beklagt, nie war ein Vorwurf über ihre Lippen gekommen. Aber schon als Junge hatte Markus erkannt, welches Opfer seine Mutter für ihn brachte. Er hatte sich auf seine Weise dafür bedankt. Er half ihr unaufgefordert im Haushalt und machte Besorgungen. Er versuchte, ihr das Leben zu erleichtern, wo immer es möglich war. Als sie ihn später auf das Gymnasium schickte, hatte er in jeder freien Sekunde gelernt und gepaukt. Er hatte stets sehr gute, weit über dem Durchschnitt liegende Zeugnisse. Wenn er die mit nach Hause brachte und sie seiner Mutter voller Stolz zur Unterschrift vorlegte, dann schloss sie ihn glücklich in ihre Arme. Für sie war jedes dieser Zeugnisse ein großer Schritt auf dem Weg in ein besseres Leben.
Auch sein Studium hatte er, zur Freude seiner Mutter, mit den besten Noten beendet, und bald kam die Zeit, wo er in der Lage war, ihr für alles zu danken. Als er sie zu sich holen konnte, weg von dem ungesunden Arbeitsplatz, hinaus aus dem grauen Arbeiterviertel, war es bereits zu spät. Sie war noch nicht lange in dieser Umgebung, von der sie doch so sehr geträumt hatte, da wurde sie krank. Damals war sie nicht viel älter als er heute, doch die harte Arbeit in der Fabrik hatte ihre Lungen zerstört, ihren Körper ausgehöhlt und sie frühzeitig altern lassen. Aber sie war zufrieden und glücklich. Sie hatte sich ihren Wunschtraum erfüllt, sich selbst bewiesen, dass es möglich war, aus dem Arbeiterviertel hinauszukommen, wenn man nur genügend Energie und Fleiß einsetzte. Ihr Junge hatte es geschafft, er würde hier draußen – »bei den besseren Leuten« – leben. Ihr Sohn vollendete ihren Traum, denn er hatte sie dorthin mitgenommen – auf die Sonnenseite des Lebens. Leider stellte es sich heraus, dass ihre Krankheit unheilbar war, sie hatte Krebs. Sie war zu schwach, lange dagegen anzukämpfen, und bald verlöschte ihr Leben wie eine Kerze im Wind. Markus hatte sie auf dem kleinen Waldfriedhof in der Nähe seiner Wohnung zur letzten Ruhe betten lassen. Wenn er ihr Grab pflegte, dann hatte er immer den gleichen Gedanken: Mutter, alles, was ich erreicht habe, verdanke ich dir, doch der Preis, den du dafür zahlen musstest, war zu hoch, denn er war dein Leben.

Ungeduldiges Hupen riss Markus aus seinen Erinnerungen. Schnell schloss er die Lücke, die sich vor ihm aufgetan hatte. Bald war die Ampel erreicht, und er fuhr in der nächsten Grünphase über die Kreuzung. Er verscheuchte die traurigen Gedanken und konzentrierte sich auf den Verkehr, der nun wieder etwas flüssiger wurde. Ein paar Kreuzungen weiter bog er nach rechts ab. Nicht weit von hier begann das Stadtviertel, in dem er seine Jugend verlebt hatte. Die Straßen wurden enger, und viele der Häuser wirkten ungepflegt. Er fuhr durch Bahnunterführungen, vorbei an Fabrikhallen, Schrotthändlern und Lagerhäusern. Der Eindruck wurde ein wenig besser, als er sich dem Zentrum des Viertels näherte. Die Stadtverwaltung hatte mit Sanierungsarbeiten begonnen und versuchte, etwas mehr Farbe und Lebensqualität in die grauen Häuserzeilen zu bringen. Verkehrsberuhigende Inseln waren auf den Fahrbahnen geschaffen und mit Büschen und Bäumen bepflanzt worden. Die fristeten nun, Staub bedeckt und von rücksichtslos geparkten PKW verletzt, ein karges Dasein. Auf der Hauptstraße herrschte reges Leben, auf den breiten Gehwegen drängten sich die Menschen. Sie schien auch heute noch die beliebteste Einkaufsstraße dieses Viertels zu sein. Viele kleine und mittlere Läden sowie die Filiale eines großen Warenhauses lockten, genau wie damals, mit ihren Angeboten. Auch den Supermarkt, in dem sie früher einkaufen gingen, weil es dort am billigsten war, gab es noch. Markus stellte seinen Wagen auf dem dazu gehörenden Parkplatz ab. Er würde nun den gleichen Weg in die Straße seiner Kindheit gehen, den er früher mit seiner Mutter auch gegangen war. Heute konnte er bequem und im Schlenderschritt dahin flanieren, damals keuchten sie beide oft unter der Last des Wocheneinkaufes.
Er ging die Verbindungsstraße hinunter, vorbei an An- und Verkaufläden, wo es gebrauchte Waren jeder Art zu kaufen gab. Aus Imbissbuden zog der Duft von frischen Reibekuchen und Fritten. Jedes dritte oder vierte Haus war eine Kneipe, in denen schon jetzt am Vormittag die Männer an den Theken standen und ihr Kölsch und ihren Korn tranken. Wegen des schönen Wetters hatten viele der Lokale ihre Türen weit geöffnet. Der Dunst von abgestandenem Bier und Tabakqualm stieg Markus in die Nase. Diesen Geruch kannte er, denn es roch noch genau so wie damals, als er hier sein erstes Kölsch getrunken hatte. Dann hatte er die Stelle erreicht, wo die Straße, in der er gewohnt hatte, abzweigte. Erwartungsvoll und mit Spannung erfüllt blieb er stehen und schaute in

Markus Bergers »Veedel«

die Häuserzeile hinein. Wie lange war es her, seit er zum letzten Male hier gestanden hatte? Waren zehn oder sogar schon fünfzehn Jahre seitdem vergangen? Er rechnete im Kopf die Daten seiner Hochzeit und das Alter seiner Kinder durch. Dabei kam er zu dem Ergebnis, dass es sogar fast zwanzig Jahre waren, die seitdem ins Land gezogen waren.

Markus' prüfenden Blicken stellte sich die Straße zuerst unverändert dar. Es waren dieselben zumeist dreigeschossigen, drei Fenster breiten Mietwohnhäuser. Sie waren wie früher grau und eintönig und warteten noch immer auf einen neuen Anstrich. Überall sah man noch die Narben, die der Krieg ihnen zugefügt hatte und die man damals nur provisorisch reparieren konnte. Kinder spielten in Gruppen auf den Gehwegen, Frauen lagen in den Fenstern und unterhielten sich über die Straße hinweg. In den Haustüren standen Männer im Gespräch vertieft, während sie ihre Zigaretten rauchten. Es war ihm, als wäre alles noch so wie früher, als wäre er gestern erst von hier weggezogen. Doch dieser erste Eindruck verschwand so schnell, wie er gekommen war. Bei genauerem Hinsehen erkannte er bald, dass hier überhaupt nichts mehr so wie früher war. Die Kinder hatten schwarze Haare, und ihre schönen dunklen Augen schauten ihn aus fremdländischen Gesichtern an. Die Männer trugen trotz der Hitze braune oder schwarze Anzüge, oft mit breitem Streifenmuster versehen. Ihre braune Haut und die buschigen Schnauzbärte ließen sie recht wild aussehen. Die Frauen hatten ihre Haare unter Kopftüchern versteckt, die sie tief über ihre Stirnen gezogen hatten. Ihre Kleider und Mäntel waren hochgeschlossen und reichten bis auf den Boden.
Es gab auch Läden in der Straße. Ihre Reklameschilder wie auch das Warensortiment waren in türkischer Sprache beschrieben und hatten den roten Halbmond als Blickfang erhalten.
Die Straße hätte genau so gut in einer der Vorstädte von Istanbul liegen können. Markus war verblüfft. Er hatte zwar schon davon gehört, dass in den Arbeitervierteln viele Gastarbeiter, zumeist Türken, wohnten. Auch war ihm bekannt, dass sofort, wenn eine deutsche Familie von dort wegzog, ihre Nachmieter fast immer Gastarbeiter waren. Aber einen so hohen Ausländeranteil hätte er in seinem Viertel nicht erwartet. Er zuckte mit den Schultern, so war eben der Lauf der heutigen Zeit, die konnte man nicht aufhalten. Er hatte nichts gegen Ausländer und ging neugierig in die Straße hinein.

Im Erdgeschoss eines der Eckhäuser befand sich ein türkisches Lokal. An den Tischen saßen ausschließlich Männer und tranken Tee, der in kleinen Gläsern vor ihnen stand. Sie waren ungefähr so groß wie ein deutsches doppelstöckiges Schnapsglas. Einige hatten flache Holzkästen vor sich stehen und waren in ein Würfelspiel vertieft. An mehreren Plätzen qualmten Wasserpfeifen. Hier war einmal Sanners Spirituosenhandlung gewesen. Dort konnte man klare Schnäpse, Korn und Münsterländer kaufen. Es gab Rhein-, Nahe- und Moselweine sowie von der Familie Sanner selbst hergestellte Liköre. Das gesamte Angebot beschränkte sich auf einfache, zumeist deutsche Produkte. Für teure Spezialitäten hatte damals niemand im »Veedel« Geld. Im Laden hatte die Frau Sanner bedient. Sie war eine gut aussehende Frau. Ihre schönen, naturroten Haare waren immer gut und nach der neuesten Mode frisiert. Ihre Kleider und ihr Make-up waren stets ein wenig zu vornehm und elegant für diese Gegend. Den Nachbarn war sie zu stolz und zu sehr von sich eingenommen, und so nannte man sie abfällig den »Sanners Fuss«.
Dass man sie nicht besonders mochte, machte ihr nicht viel aus. Sie bemerkte es kaum, wollte sie doch selbst auch immer Abstand von den Leuten halten und als etwas Besseres gelten.
Im Hof ihres Hauses, da wo jetzt eine Reparaturwerkstatt für Dieselmotoren war, hatte ihr Mann eine kleine Böttcherei. Mit Hilfe eines Lehrjungen baute er dort Holzfässer für die Chemiefirma Proton. Eine weitere Erwerbsquelle war für ihn die Reparatur der damals noch hölzernen Bierfässer der in Köln-Kalk ansässigen Brauereien. Wenn er die Fässer zum Abschluss ausschwefelte, roch man es im ganzen Viertel. Mit seinem edel geformten Kopf, dem dichten, schneeweißen Haar und seiner vergoldeten Nickelbrille sah er eher wie ein Wissenschaftler denn wie ein Handwerker aus. Er war immer freundlich, dabei von einer würdigen Zurückhaltung. Im Gegensatz zu seiner Frau war er überall beliebt, und man nannte ihn respektvoll den Professor. Die Eheleute Sanner hatten eine hübsche Tochter. Die sollte nach dem Willen ihrer Mutter eigentlich Balletttänzerin werden. Doch sie hatte sich schnell verheiratet, als sie einen Mann kennen lernte, der sie aus diesem Viertel herausholte und ihr ein Leben in der Vorstadt ermöglichte.

»Hallo, kann ich helfen?«, eine tiefe Stimme schreckte ihn aus seinen Träumen. Er hatte gar nicht bemerkt, dass ein Mann aus dem Lokal ge-

kommen war und sich neben ihn gestellt hatte. Ihm war es wohl aufgefallen, dass er schon so lange auf das Haus gestarrt hatte.
Dunkle Augen schauten freundlich aus einem braunen Gesicht, in das das Leben schon viele Furchen gegraben hatte.
»Nein, nein. Entschuldigen Sie, ich wollte nicht stören,« sagte Markus hastig und wollte weitergehen.
Ein großer, dichter Schurrbart hüpfte lustig auf und ab, als der Mann ihm antwortete: »Aber Sie nicht stören. Sie auch ein Glas Tee wollen? Sie herzlich eingeladen, es ist auch für deutsche Leute geöffnet.«
Die in etwas holprigem Deutsch vorgebrachte Einladung schien ernst gemeint. Sie wurde freundlich und ohne aufdringlich zu wirken vorgebracht.
Der Türke bemerkte Markus' Zögern und wiederholte seine Einladung: »Kommen Sie, passiert nix Böses, nur Tee trinken.«
Markus wollte nicht unhöflich sein und folgte dem Mann, wenn auch mit leichtem Unbehagen, in die Teestube. Bald standen dampfende und aromatisch duftende Teegläser zwischen ihnen, und in einer Schale lag stark gezuckertes, türkisches Gebäck. An dem nun folgenden, in angeregtem und sehr freundlichem Ton geführten Gespräch beteiligten sich auch die anderen Gäste. Fast jeder wollte ihm einen Tee ausgeben, und so standen meist mehrere Gläser mit ihrem goldfarbenen Inhalt vor ihm. Markus hatte seine Bedenken schnell verloren und fühlte sich sehr wohl in dieser herzlichen Gastfreundschaft. Als er nach einer knappen Stunde das Teehaus wieder verließ, wusste sein neuer Freund, Ismail Aktas, viel von der Vorgeschichte der Straße, in der er nun mit seiner Familie wohnte. Markus kannte nun einige der Probleme, mit der eine Minderheit in einem fremden Land leben muss und welch großes Heimweh in Ismails Herz brannte. Er würde in der Zukunft mit ganz neuen Erkenntnissen über das Verhältnis zwischen Türken und Deutschen nachdenken können.

Mit suchenden Augen schlenderte Markus in die Straße hinein. Nach wenigen Schritten blieb er wieder stehen. Hier, Sanners Haus schräg gegenüber, war doch früher die Bäckerei Kaltenbach gewesen. An diese Bäckerei knüpften sich für ihn viele schöne Kindheitserinnerungen. Sonntagsnachmittags schickte ihn seine Mutter hinüber, um Gebäck und für jeden ein Stück Sahnetorte zu holen. Während er in dem immer vollen Laden wartete, bis er an die Reihe kam, deckte seine Mutter in ihrer Wohnung liebevoll den Kaffeetisch. Wenn er dann, das Kuchentablett vorsichtig jonglierend, die ausgetretenen Holztreppen zu ihrer Wohnung im zweiten Stock herauf stieg, roch er schon den Duft des frisch aufgebrühten Kaffees. Dieses Kaffeetrinken und der Genuss der süßen Konditorspezialitäten waren für ihn und seine Mutter so etwas wie ein kleines Fest. Sie ließen sich Zeit und verspeisten die Köstlichkeiten in Ruhe und voller Genuss. Seine Mutter erzählte dann oft von früher, als sie noch jung war. Wie sie tanzen gegangen war und dabei seinen Vater kennen gelernt hatte.

An seinen Vater hatte der Junge kaum Erinnerungen. Der war an der Ostfront gefallen, als Markus noch ein Baby war. Doch seine Mutter war eine gute Erzählerin, und sie hatte so viel von ihm berichtet, dass er sich ein klares Bild von ihm machen konnte. Bei ihren Geschichten hing er gebannt an ihren Lippen, und es war ihm, als ob er die bescheidenen, kleinen Jugenderlebnisse und Abenteuer seiner Mutter leibhaftig miterlebte. Diese Sonntagnachmittage hatten sich tief in seinem Gedächtnis verankert und waren eine sehr schöne Erinnerung an seine Kindheit.

In der Woche holten sie ihr Brot in der Bäckerei, und an den Wochenenden erlaubten sie sich auch einen bescheidenen Luxus und kauften Brötchen zum Frühstück. Die kamen noch warm und knusprig auf den Tisch und schmeckten köstlich. Sein höchstes Glück war, wenn er sie dick mit Leberwurst bestreichen konnte.

Später machten die Kaltenbachs auch Speiseeis. Vier Sorten gab es: Nuss, Erdbeer, Vanille und Schokolade. Ein Bällchen war mindestens doppelt so groß wie die, die heute in den Eissalons verkauft werden, und kostete nur zehn Pfennig. Es war gutes Milcheis und hatte ihm immer herrlich geschmeckt. Die Bäckersfrau hieß mit Vornamen Cäcilia. Sie war eine rundliche, stets freundliche Frau, und die Eisbällchen, die sie für die Kinder aus ihrer Straße machte, waren immer besonders groß. Zilly nannte ihr Mann sie, wenn er Mehl bestäubt aus der Backstube kam. Auf langen Holzbrettern brachte er das duftende, frisch gebackene Brot in den Laden und stapelte es in die Wandregale. Die beiden hatten zwei Kinder, den Hansi, der war genau so alt wie Markus, und ein Mädchen, die Hilde, die ein paar Jahre jünger war.

Ob der Hans nun die Bäckerei leitete und die Hilde den Platz hinter der Verkaufstheke einnahm? Ob die beiden die gleichen leckeren Hefeteil-

chen machten wie früher ihre Eltern? Markus lief das Wasser im Munde zusammen, wenn er an das ofenfrische Gebäck dachte, an die Schnecken, Puddingteilchen und Apfeltaschen. Er nahm sich vor, eine ganze Tüte voll zu kaufen und mit nach Hause zu nehmen. Ja, da war das Schaufenster und die etwas zurückgebaute Eingangstür. Alles war noch genau so, wie es in seiner Erinnerung haften geblieben war. Doch als er näher kam, wich seine Vorfreude einer tiefen Enttäuschung. Hier würde er nie mehr Hefeteilchen kaufen können. Das Schaufenster und die Glasscheiben des Eingangsbereiches waren mit undurchsichtigen, grauen Tüchern verhängt, die jeden Einblick verwehrten. Im Fenster war ein großes Schriftband angebracht. Mühsam entzifferte er den Text: »Eyüp Sultan Camii – islamische Moschee.« Etwas verwirrt versuchte er sich vorzustellen, wie in der kleinen Konditorei und der dunklen Backstube die Gläubigen auf ihren Gebetsteppichen knieten und ihre Andacht abhielten. In welcher Richtung mochte Mekka von hier aus liegen?
Traurig darüber, dass sich wieder eine seiner Kindheitserinnerungen in der Realität so ganz anders darstellte, setzte er seinen Spaziergang fort. Ein paar Häuser weiter auf der anderen Straßenseite war wieder das Schaufenster eines ehemaligen Ladenlokales mit Gardinen verhängt. Doch im Gegensatz zu dem streng und unpersönlich wirkenden der Moschee hing hier ein heller und luftiger Vorhang. Auf der Fensterbank standen Topfblumen und verstärkten den freundlichen Anblick. Der Laden würde bestimmt jetzt als Wohnung genutzt. Hier war früher die Pferdemetzgerei von der Familie Demand gewesen. Die war damals überall im Viertel und weit über seine Grenzen bekannt. Dort gab es einen ausgezeichneten Sauerbraten, und ihre herzhafte Knoblauchwurst fand reißenden Absatz. Mit dem Schlachtermeister Demand, einem Mann groß und kräftig wie ein Bär, dabei aber gutmütig und freundlich, verstand sich der kleine Markus prächtig. Der hatte ihn hin und wieder mit zum Schlachthof genommen. Diese Fahrten liebte der Junge sehr, denn Meister Demand hatte kein Auto, sondern ein Pferd. Das stand hinten auf seinem Hof in einem kleinen Schuppen, den man zu einem Stall umgebaut hatte. Das Pferd hieß Regina, es war eine braune, gutmütige Stute. Musste neues Fleisch geholt werden, wurde sie vor eine kleine offene Kutsche gespannt. Und los ging die Fahrt zum Schlachthof nach Köln-Mülheim. Stolz saß Markus auf dem Kutschbock neben Herrn Demand, der mit einer Hand die Zügel und in der anderen eine kleine

Peitsche hielt. Munter trabte Regina durch die Straßen. Mit fröhlichem Wiehern zeigte sie an, wie froh sie war, aus dem engen Stall herauszukommen. Herr Demand lenkte sie mit Zurufen und Zungenschnalzen, die Peitsche war nur Staffage, benutzt hat er sie nie. Wenn er auch ein Pferdemetzger war, seine Regina liebte er heiß und innig.
Vor der Währungsreform war so eine Kutschfahrt innerhalb einer Großstadt noch möglich. Es gab ja fast kein Benzin und deswegen waren kaum Autos auf der Straße. Heute würde sie einen riesigen Stau mit fluchenden und genervten Autofahrern zur Folge haben.
Wenn sie den Schlachthof erreicht hatten, übergab Herr Demand Markus die Zügel. Dann kletterte er vom Kutschbock herunter und erledigte die geschäftlichen Dinge. Markus blieb mit Stolz geschwellter Brust bei Pferd und Wagen. Er war glücklich über den Vertrauensbeweis, der ihn für ein viertel Stündchen in den Rang eines Kutschers erhob.

Lächelnd löste sich Markus aus seinen Erinnerungen. Er trat einige Schritte zurück und schaute an der Hausfassade hinauf. Dabei fiel sein Blick auf eine Frau, die ihn wohl schon die ganze Zeit beobachtet hatte. Es war eine sehr alte Dame, die ihre weißen Haare streng zurückgekämmt trug. Zu einem langen Zopf geflochten, waren sie wie eine Schnecke im Nacken festgesteckt. Ihr rundes, leicht gerötetes Gesicht war älter geworden, aber Markus erkannte sie sofort. So hatte die Metzgersfrau, wenn sie nicht im Laden benötigt wurde, immer im Fenster gelegen und die Geschehnisse auf der Straße beobachtet. Selbst das grüne Samtkissen, das sie auf die Fensterbank gelegt hatte und auf dem sie sich mit den Unterarmen abstützte, schien noch das gleiche von damals zu sein.
»Guten Tag, Frau Demand«, rief er zu ihr hinauf. »Gut schauen Sie aus, Sie haben sich ja gar nicht verändert.«
Sie nickte ihm zu und erwiderte seinen Gruß. Dabei schaute sie ihn forschend und ein wenig misstrauisch an.
»Kennen Sie mich noch? Ich bin Markus, Markus Berger. Wir haben hier im Haus Nummer 38 gewohnt.«
Einen Moment überlegte sie noch, dann lief ein Lächeln des Wiedererkennens über ihr Gesicht. »Ach ja – natürlich, jetzt erkenne ich dich.« Ihre Stimme nahm einen warmen Klang an: »Der Bergers Markus – das ist aber lange her, dass ich dich zum letzten Mal gesehen und dir eine ›Wurstkamell‹ geschenkt habe.

Markus gab lachend zur Antwort: »Ja, das ist schon Ewigkeiten her. Das war immer eine feine Sache, wenn Sie mir nach dem Einkauf eine Scheibe Fleischwurst geschenkt haben. Das hatte ich fast vergessen, aber jetzt erinnere ich mich wieder. Ja – ich habe den Geschmack der Wurst fast auf der Zunge, und mir läuft das Wasser im Mund zusammen.«
Da mussten sie beide lachen, und jeder hatte wohl die gleiche Vision vor Augen: die kleine blitzsaubere Metzgerei voller Kunden und die freundliche Metzgerin mit ihrem damals noch hellblonden Haar, die sich über die Theke beugte und einem kleinen Jungen ein Stück Wurst schenkte.
»Wie geht es denn deiner Mutter? Das war immer eine fleißige Frau, die nur für ihren Jungen lebte. Die ist bestimmt jetzt mächtig stolz auf dich, wo du doch ein so prächtiger Mann geworden bist.«
»Mutter ist schon lange tot, sie hat sich nur kurz an der schönen Landschaft draußen vor der Stadt erfreuen können. Als ich sie zu mir holen konnte, war es schon zu spät, die vergiftete Luft in der Fabrik hatte ihre Lungen schon zu sehr geschädigt.«
»Das tut mir aber Leid, ich habe deine Mutter gut leiden können, ich mochte ihre stille bescheidene Art«, sagte Frau Demand, und das Bedauern in ihrer Stimme war echt. Nach einer kurzen Pause fügte sie mit leiser Stimme hinzu: »Mein Mann ist ja nun auch schon seit fast sechs Jahren tot, aber ich kann ihn einfach nicht vergessen. Es ist furchtbar, wenn man so alleine ist. Früher konnte man noch ein Schwätzchen mit den Nachbarn halten, man kannte sie ja alle. Aber die sind entweder ausgezogen oder weggestorben.« Resigniert zuckte sie mit den Schultern. »Von den früheren Bewohnern dieser Straße ist nur noch die alte Frau Schuck da, aber seit ihr Mann gestorben ist, wird die immer wunderlicher. Die neuen Nachbarn sind ja alle Ausländer. Die tun uns nichts Böses und lassen uns in Frieden. Aber sie sind lieber unter sich und suchen keinen Kontakt mit uns Alteingesessenen. Deren ganze Lebensart ist ja grundverschieden, und die meisten ihrer Frauen sprechen so gut wie kein Wort Deutsch. Nur bei den Kindern ist das anders. Die gehen ja hier zur Schule und viele sprechen sogar richtiges Kölsches Platt.«
Sie verstummte und schaute sinnend vor sich hin, dann sagte sie traurig: »Das Leben macht keinen Spaß mehr. Ja, wenn mein Mann noch leben würde ...« Sie begann zu weinen und ließ den Satz unbeendet im Raume stehen.
Markus wechselte schnell das Thema, und sie tauschten einige belang-

lose Sätze. Frau Demand befragte Markus nach seiner neuen Lebensweise, und er fragte nach diesem und jenem der alten Bewohner. Während die Metzgersfrau eine Menge Neuigkeiten erfuhr, konnte sie Markus nicht viel mitteilen, denn sie wusste meist nicht, wohin diese Menschen alle weggezogen waren. Auf der gegenüberliegenden Straßenseite wurde ein Fenster geöffnet.
»Das ist die Frau Schuck. Ich hatte mich schon gewundert, dass die nicht schon längst an ihrem Fenster aufgetaucht ist, wo die doch so neugierig ist.«
Dann wurde sie lauter und rief in ihrer brüchigen Greisinnenstimme über die Straße: »Morgen Frau Schuck. Schauen Sie mal, wer hier ist und uns besucht. Das ist der Markus Berger, der früher in dem Mietshaus von den Sanners gewohnt hat. Der wollte noch einmal in die Straße seiner Kindheit kommen und alte Freunde besuchen. Aber da kann er lange suchen, außer uns zwei alten Tanten wird er hier keinen mehr finden.«
Markus drehte sich um und schaute zu der angesprochenen Person herüber. Er sah eine zierliche, ein wenig vertrocknete alte Frau, die gerade dabei war, ein dickes Plüschkissen auf die Fensterbank zu legen. Sorgfältig klopfte sie es zurecht, bevor sie sich in das Fenster legte. Ein paar Mal veränderte sie ihre Haltung, bis sie die bequemste Stellung gefunden hatte. Sie strich sich noch die wirr um ihren Kopf stehenden Haare aus dem Gesicht, und dann erst schaute sie zu Frau Demand und Markus herüber.
»Wer is jekommen?«
»Der Markus Berger, der da in Nummer 38 auf dem zweiten Stock gewohnt hat.«
Die Alte musterte Markus aufmerksam, dann zog ein Lächeln über ihr Gesicht und kichernd sagte sie: »Nu süch ens an, der Markus. Dat es ävver schön, dat do uns ens besöke deis. Wie jeit es dir dann, Jung?«
Doch noch ehe Markus antworten konnte, hatte Frau Demand das Gespräch schon an sich gerissen. Sie musste die Neuigkeiten, die sie erfahren hatte, einfach loswerden, sonst wäre sie daran erstickt.
»Der Markus hat es geschafft. – Der ist Rechtsanwalt. – Der hat sich auf dem Land ein großes Haus gebaut. – Der hat geheiratet und hat zwei Kinder, aber seine Mutter ist tot.«
Abgehackt und zusammenhanglos schrie sie ihr Wissen über die Straße. Frau Schuck schrie zurück und stellte neugierige Fragen, die Frau Demand sofort lautstark beantwortete.

Markus wurde die Situation immer peinlicher, und er kam sich überflüssig vor. Als ein vorbeifahrendes Auto das Gespräch unterbrach, nutzte er die Pause, um sich von den beiden alten Damen zu verabschieden. Bevor er weiterging, bat er Frau Schuck noch, ihrem Sohn Jüppchen, aus dem wohl auch schon lange ein Jupp bzw. Josef geworden war, schöne Grüße von ihm auszurichten. Im Weggehen hörte er noch folgenden Dialog:
»Is jo doll, dat der ›Schmitze Markus‹ noch ens en sing ahl Stroß kummen es.«
»Aber Frau Schuck, das ist nicht der Junge von Familie Schmitz. Der hieß doch Fred. Das eben war der Bergers Junge, Markus Berger heißt er.«
»Wat ene Quatsch, Frau Demand. Dat wor der ›Schmitze Markus‹. Ich han dem singe Vatter jot jekannt, un der Jung es dem wie usm Jeseech jeschnedde.«
Markus schmunzelte. Er schlenderte weiter, und die Stimmen hinter ihm verklangen.
Dann entdeckte er auf der anderen Straßenseite das Haus, in dem er damals gewohnt hatte. Er hätte es fast nicht mehr erkannt, so hatte es sich verändert. Die alten, einfach verglasten Holzfenster mit Oberlicht und zwei Flügeln hatte man ausgebaut. Sie waren von doppelt verglasten Thermofenstern, die in schäbigen Kunststoffrahmen steckten, ersetzt worden. Die mochten ja eine Menge Energie sparen, aber ihre Öffnungen ohne jede Unterteilung wirkten wie die seelenlosen Augen von Robotern. Die schöne, aus dickem Holz gefertigte Haustür mit einem kleinen Fenster in der Mitte, aus dem man hinausschauen konnte, um zu sehen, wer da Einlass begehrte, war ebenfalls verschwunden. Die neue Tür hatte einen breiten, mit seltsamen Mustern bedeckten Aluminiumrahmen, in dem eine große Milchglasscheibe eingearbeitet war. Sie hätte genau so gut einem Begräbnisinstitut als Eingangstür dienen können. Ursprünglich war die Fassade mit Stuckornamenten und quer laufenden Friesen geschmückt, und die Fenster waren mit kunstvollen Stuckrahmen eingefasst. Die Stuckarbeiten waren im Krieg von Bombensplittern stark beschädigt worden. Sie wurden nicht wieder in Stand gesetzt, sondern von dem neuen Besitzer einfach abgeschlagen. Der hatte das Haus mit einem glatt abgeriebenen Zementputz bedecken lassen. Es wirkte kalt und lieblos, und die aufgetragene Farbe blätterte überall ab. Markus schauderte vor der schäbigen, unpersönlichen Hässlichkeit, in der das Haus sich dem Betrachter nun darstellte.

Doch ehe er zu dem Haus hinübergehen konnte, musste er erst etliche Autos vorbeifahren lassen. Das war ein weiterer Faktor, der ihm seine alte Heimat so fremd machte. Früher war hier eine ruhige, stille Straße gewesen. Der durchgehende Verkehr hatte sich auf wenige Fahrzeuge beschränkt und fiel kaum in Betracht. Damals konnten die Kinder sie als richtige Spielstraße nutzen, Hüppekästen auf das Pflaster malen und gefahrlos auf der Fahrbahn umhertollen. Wer sollte da auch durchfahren? Damals hatte doch so gut wie keiner ein eigenes Auto in dieser Gegend. Das hatte sich grundlegend geändert. Immer wieder dröhnten Kraftfahrzeuge vorbei. Eben hatten sie sein Gespräch mit den beiden alten Damen gestört, jetzt hinderten sie ihn daran, die Straße zu überqueren. Als er dann eine Lücke in der Fahrzeugschlange nutzte, um auf die andere Straßenseite zu sprinten, dachte er: Gut, dass die Stadtverwaltung eine Einbahnstraßen-Regelung eingeführt hat, sonst wäre ich noch lange nicht rüber gekommen. Ein kurzer Blick auf die Namensschilder an der Klingel genügte schon, um zu erkennen, dass niemand der ehemaligen Mieter mehr in dem Haus wohnte. Fremde, schwer auszusprechende Namen standen neben den einzelnen Klingelknöpfen. Meistens hatten die neuen Mieter ihre Namen einfach mit Kugelschreiber auf Papier gekritzelt. Er trat wieder aus der Haustürnische heraus, stellte sich auf den Gehweg und schaute am Haus hinauf zu den Fenstern in der zweiten Etage. Doch sein Herz blieb stumm. Markus' Wünsche und Illusionen waren auf dem Weg durch die Straße seiner Kindheit in sich zusammengefallen. Was hatte er eigentlich finden wollen? Er wusste es jetzt selbst nicht mehr. Bei einem letzten resignierten Rundblick fand er schließlich doch noch ein Relikt aus der alten Zeit. Das Schild mit der Hausnummer 38 war noch dasselbe. Immer noch fehlte ihm eine Ecke, die ein Bombensplitter 1944, bei einem der furchtbarsten Terrorangriffe auf diesen Stadtteil, abgerissen hatte. Er zuckte mit den Schultern und ging langsam weiter. Alle Lust zum Flanieren und Entdecken war ihm gründlich vergangen. Er war traurig und kam sich auf einmal völlig fehl an diesem Platze vor. Es war ihm, als hätte er etwas Kostbares verloren. Etwas, das er bis jetzt wie einen Schatz in seinem Herzen verborgen hatte. Markus wollte jetzt nur noch heimfahren. Er sehnte sich nach seiner Familie und der Geborgenheit seines Hauses.

Nach einigen Dutzend Schritten hatte er die nächste Querstraße erreicht. Hier hatte einmal das Revier seiner Kinderwelt geendet. Manche

Straßenkreuzung konnte damals eine Grenze bedeuten. Eine Grenze, die nie offiziell erwähnt, nie irgendwo eingetragen wurde und doch allen Anwohnern bekannt war. Zumindest von den Kindern wurde sie genau beachtet. Diese Grenze zu überschreiten, bedeutete in das Gebiet einer anderen Kindergruppe zu gelangen. War man mit dieser Kindergruppe verfeindet, und das war meistens der Fall, so konnte ein Besuch dieser Gegend durchaus gefährlich sein. Keiner seiner Spielgefährten wohnte auf der anderen Seite dieser Kreuzung, und hier endeten auch alle ihre Spiele, wie etwa Räuber und Gendarm oder Treibball. Selbst die Erwachsenen hielten sich in vielen Dingen an diese vor langer Zeit aufgestellten Regeln. Die Männer tranken nie ihr Kölsch in den Kneipen dort auf der anderen Seite, und ihre Frauen kauften nur in Läden, die sich auf dieser Seite befanden. Demands Rossschlachterei war da eine Ausnahme, weil es weit und breit keine Konkurrenz zu ihr gab.
Den neuen Bewohnern waren diese alten, ungeschriebenen Gesetze bestimmt unbekannt.
Sie waren genauso wie alles andere, das einmal den Lebensrhythmus und den Zusammenhalt in diesem Viertel bestimmt hatte, im Meere der Zeit und des Vergessens versunken.
Die Eckhäuser an dieser Kreuzung waren früher wild zerklüftete Ruinen. Für die Kinder waren sie ein Spielparadies mit ungezählten Verstecken und Schlupfwinkeln. Vor der Währungsreform hatte sich hier einer der bekanntesten Kölner Schwarzmärkte angesiedelt. Denn natürlich boten die umliegenden Ruinen auch den Schiebern ideale Flucht- und Versteckmöglichkeiten, wenn die Polizei zu Razzien anrückte.
Nun waren sie längst abgetragen und durch Neubauten ersetzt. Hier hatten sich sogar die Architekten bemüht, ein wenig Schönheit in die neuen Gebäude einzubringen. In einem der Häuser befand sich eine große, modern eingerichtete türkische Metzgerei. Nur noch wenige Kunden waren im Laden. Es ging auf 14 Uhr zu, und bestimmt würde das Geschäft bald geschlossen. Eine Frau hatte in einer Ecke schon angefangen, den Boden aufzuwischen. Markus schätzte, dass sie ungefähr in seinem Alter sein musste. Es war unschwer zu erkennen, dass es eine Deutsche war. So ändern sich die Zeiten, dachte er. Jetzt arbeiten bei den ehemaligen Gastarbeitern schon deutsche Putzfrauen.
Die Frau war vollschlank, und ihr Arbeitskittel spannte sich über ihre Hüften und den prallen Busen. Trotzdem wirkte sie in einem gewissen

Grade noch hübsch und sexy. Dazu trug nicht zuletzt ihr gepflegtes, hellblondes Haar bei, das sich wohl frisiert um ihr ein wenig aufgedunsenes Gesicht schmiegte. Sie war bestimmt einmal eine Schönheit gewesen, aber nun wirkte sie ein wenig verlebt und ihr Gesicht war abgespannt und verhärmt. Plötzlich blickte die Frau auf und ihre Blicke trafen sich. Markus verschlug es fast den Atem, denn er schaute in die schönsten Augen, die er seit langem gesehen hatte. Alles Unattraktive an diesem Menschen wurde unwesentlich und trat in den Hintergrund, wenn man in dieses strahlende Blau sah. Ihre Blicke blieben ein, zwei Sekunden ineinander versunken, dann neigte die Frau ihren Kopf, und während eine tiefe Röte ihre Wangen überzog, arbeitete sie weiter. Sie kam Markus bekannt vor, und er überlegte angestrengt, woher er sie kannte. Dann erinnerte er sich, und langsam wurde ihm alles klar. Es waren ihre Augen, die ihm den Weg in die Vergangenheit gewiesen hatten. Diese Augen gab es in ihrem Viertel nur einmal, und sie gehörten Marita Liebertz. Sie wurde damals Mary genannt (natürlich englisch ausgesprochen). Mary war das schönste Mädchen weit und breit, und sie hatte eine Traumfigur. Ihr naturfarbenes, weizenblondes Haar trug sie damals glatt, und es fiel ihr in einer Innenrolle auf die Schultern. Ihr dichter Pony reichte bis fast in die Augen. Wenn sie dann in einem weiten Rock, unter dem sich ein halbes Dutzend Petticoats befanden, in »Litters Tanzlokal« auf der Hauptstraße Rock and Roll tanzte, war sie die absolute Königin.
Sie war einfach die Verkörperung des damaligen Schönheitsideales gewesen und vermittelte den Eindruck, als wäre sie geradewegs einem der in dieser Zeit so beliebten Musikfilme entstiegen. Markus erinnerte sich wieder genau, wie sie damals in engen Hosen und aufreizend knapp sitzendem Pulli, das Haar zur Abwechslung als Pferdeschwanz gebunden, kokett durch die Straßen ging. Da gab es keinen männlichen Zeitgenossen, egal ob er acht oder achtzig Jahre alt war, der sie nicht mit bewundernden Blicken verfolgte. Alle Jungs aus dem Viertel, Markus selbstverständlich inbegriffen, waren damals hinter ihr her gewesen. Wie all seine Freunde und Altersgenossen hatte auch er davon geträumt, auf der Tanzfläche in »Litters Saal« Rock 'n' Roll oder zärtlichen Blues mit ihr zu tanzen. Sie dann anschließend nach Hause zu begleiten und vielleicht sogar von ihr erhört zu werden, wäre die Krönung aller Träume gewesen. Für die Wenigsten war dieser Traum in Erfüllung gegangen, denn sie war zwar kokett und flirtete sehr gerne, leicht zu haben aber war sie nicht.

Keiner hatte es damals verstanden, dass sie dann ein Verhältnis mit Steinkühlers Fritz begonnen und ihn später geheiratet hatte. Fritz war viel älter als Mary und ein großer, etwas ungeschlacht wirkender Mann. Im Viertel hatte der Steinkühlers Fritz keinen guten Ruf, denn er besaß eine Menge schlechter Eigenschaften. Unter anderem trank er gern einen über den Durst. Mit fortschreitendem Alter wurde er dann zu einem richtigen Trinker. Dazu war er ein brutaler und gefürchteter Raufbold, dem die meisten aus dem Weg gingen. Seine Scheu vor ehrlicher Arbeit hatte es mit sich gebracht, dass er schon mehrmals mit dem Gesetz in Konflikt gekommen war und einige Gefängnisstrafen wegen Diebstahls und Betrügereien absitzen musste. Ausgerechnet an diesen Tunichtgut hatte Mary ihr Herz verloren und zog ihn allen anderen vor. Unter den abgewiesenen Verehrern waren einige, die man ohne weiteres in die Rubrik »gute Partie« einordnen konnte, und jeder von ihnen hätte ihr ein sorgenfreies Leben ermöglicht. Mary aber gab jedem einen Korb. Allen gut gemeinten Warnungen zum Trotze heiratete sie Steinkühlers Fritz. Bei ihr hatte man wirklich das Sprichwort »Liebe macht blind« anwenden können.

Markus hatte sie dann aus den Augen verloren, schon lange, bevor er dieses Viertel verlassen hatte. Von Freunden hatte er einmal erfahren, dass all die schlechten Prophezeiungen wahr geworden waren und Marita ein sehr unglückliches Leben führte.

An ihrer rechten Hand, mit der sie den Schrubber führte, trug sie zwei Trauringe. Sie war also schon Witwe. Fritz war wohl ein frühes Opfer seines unsteten Lebens geworden

Sie hob erneut den Kopf und schaute zu ihm hinüber. Ihr Blick zeigte ihm, dass auch sie ihn wiedererkannt hatte. Seinen freundlichen Gruß beantwortete sie mit einem scheuen Nicken, während die Verlegenheit ihr erneut die Schamröte ins Gesicht trieb. Markus ging auf die Ladentür zu, er wollte sie begrüßen und ein wenig mit ihr plaudern. Die Frau erkannte sein Vorhaben, und ihre Verlegenheit schien noch größer zu werden. Dann machte sie eine Kehrtwendung, ergriff den Schrubber, warf den Aufnehmer in den Putzeimer, schnappte ihn mit der anderen Hand und verschwand in den hinteren Räumen. Markus blieb stehen, im ersten Moment war er erstaunt und irritiert über ihr Verhalten. Doch dann verstand er ihren einer Flucht gleichenden Abgang. Sein aufsteigender Ärger verschwand und seine Traurigkeit vertiefte sich noch mehr.

Die einmal so begehrenswerte Marita schämte sich. Indem sie sich eiligst zurückzog, wollte sie der Demütigung entgehen, die dieses Wiedersehen ohne Zweifel für sie bedeutete. Auf der eine Seite stand ein Jugendfreund, gut aussehend und elegant gekleidet, dessen Werben sie in jungen Jahren hochmütig missachtet hatte. Auf der anderen Seite war eine Frau, vom Leben hart getroffen, gealtert und unansehnlich geworden. Dazu arbeitete sie bei einem Türken als Putzfrau. Diese Tatsache wurde wohl bei vielen ihrer deutschen Bekannten als ein Niedergang betrachtet, wie er schlimmer nicht sein konnte. Markus kannte diese bornierten Vorurteile, und beim Gedanken an seine eigene Reaktion musste er sich beschämt eingestehen, dass er sich auch nicht so ganz davon freisprechen konnte.
Bitter wandte er sich ab und verließ die Straße. Es wurde ihm jetzt endgültig klar, dass es ein Fehler gewesen war, hierhin zurückzukommen. Seine großen Erwartungen waren wie Seifenblasen zerplatzt. Alles, was er wieder gefunden hatte, waren ein paar Fassaden, ein altes Hausnummernschild, zwei greise Witwen und die blauen Augen von Mary. In diesen Augen hatte er so viel hoffnungslose Resignation gesehen, dass sie ihn noch tagelang verfolgen würden. Er hatte sich mit diesem Besuch seine goldenen Jugenderinnerungen zerstört. Er wusste genau, er würde nie mehr zurückkommen in die Straße seiner Kindheit.

DER VERLIERER

Das Erlebnis, dass mich zur Niederschrift dieser Geschichte motivierte, liegt schon einige Jahre zurück. Die Handlung spielte im Milieu des Berufsboxens. Die alte Kölner Sporthalle in Köln-Deutz war der Austragungsort für den Kampf um die deutsche Meisterschaft im Weltergewicht. Der Lokalmatador und amtierende deutsche Meister, Horst Brinkmeier, musste den Titel gegen seinen Herausforderer aus Frankfurt verteidigen. Der Frankfurter Boxer war 34 Jahre alt. Er war bekannt als tapferer und sehr hart schlagender Kämpfer. Seine beste Zeit war eigentlich schon vorbei, aber mit viel Trainingsfleiß, letztem Einsatz und vollem Risiko hatte er die Ausscheidungskämpfe gewonnen, die ihm den Weg zum Titelkampf freimachten. Nun war es soweit, er hatte eine letzte Chance in seiner Laufbahn als Berufsboxer erhalten. Heute musste er alles geben, denn sollte er es schaffen, den Meister und hohen Favoriten zu besiegen, so würde er noch einmal an das große Geld kommen. Wenn er aber als Verlierer den Ring verlassen würde, so wäre das das Ende seiner Karriere.
Die Halle war fast ausverkauft, außerdem übertrugen Kamerateams des WDR-Regionalfernsehens und des ZDF den Kampf. Diese Tatsachen würden dem an den Einnahmen beteiligten Meister eine sehr gute Börse garantieren. Der Herausforderer erhielt lediglich eine vorher vertraglich festgelegte Summe, die er noch mit seinem Manager teilen musste. Nach dem Ertönen des ersten Gongschlages übernahm der Frankfurter sofort die Initiative. Beherzt griff er an und deckte den Meister mit einem wahren Schlaghagel ein. Brinkmeier konnte zwar durch seine Routine sowie seine sehr gute Deckung die meisten Schläge parieren oder wirkungslos verpuffen lassen. Er war aber gezwungen, selbst auch sein ganzes Können einzusetzen. Er war echt gefordert und musste mit vollem Einsatz kämpfen. Die begeistert johlenden Zuschauer sahen einen spannenden und ausgeglichenen Kampf. Doch nach einigen guten

Anfangsrunden änderte sich das Kampfgeschehen. Es kam genau so, wie es die Fachleute vorausgesagt hatten: Brinkmeier würde seinen Titel auch heute wieder verteidigen können. Er war schneller, schlug präziser und hatte die bessere Technik. Jetzt machte sich seine Jugend bezahlt. Je weiter der Kampf fortschritt, umso mehr baute der Herausforderer ab. Der Kölner bekam immer mehr die Oberhand und diktierte das Ringgeschehen bald nach Belieben. Schon nach der 5. Runde ließ er keinen Zweifel mehr daran, wer der Chef im Ring war. Er schickte seinen Gegner in der 7. Runde zum ersten Mal zu Boden, und in der 9. Runde musste der Frankfurter gleich zweimal in den Ringstaub. Brinkmeier führte den tapferen, aber mittlerweile völlig chancenlosen Frankfurter regelrecht vor. Nachdem Horst seinen Gegner in der 10. Runde mit mehreren harten Treffern erneut zu Boden geschickt hatte, zeigte der Ringrichter ein Einsehen und zählte den Herausforderer gar nicht mehr an. Er brach den Kampf ab. Mithilfe des fairen Siegers half er dem Angeschlagenen auf die Beine, und gemeinsam brachten sie den unterlegenen Boxer in seine Ringecke. Unter dem Jubel der Zuschauer verkündete das Kampfgericht: »Sieger durch Abbruch und technischen Knock Out in der 10. Runde – und damit alter und neuer Meister – Horst Brinkmeier aus Köln.«

Mit einem Freund hatte ich diesen Kampfabend besucht, wir waren beide guter Laune. Unser Favorit hatte gewonnen und wir eine gute sportliche Leistung gesehen. Für meinen Freund war das alles ganz neu, es war für ihn ein Einstieg in eine andere Welt. Nie hatte er vorher einen Boxkampf live erlebt. Er fand alles sehr aufregend, was da um ihn herum geschah. Von der Dynamik des ehrlichen Zweikampfes Mann gegen Mann angezogen, war er gleichermaßen abgestoßen von der konsequenzlosen Härte dieses Fights.

Da ich mit Horst Brinkmeier gut bekannt, ja fast befreundet war, wollte ich meinem Freund nun noch etwas Besonderes bieten. »Komm, ich zeige dir mal, wie es hinter den Kulissen aussieht. Wir besuchen Horst in der Kabine«, sagte ich zu ihm, und er willigte mit gespannter Erwartung ein. Wir gingen durch die mittlerweile schon fast wieder leere Halle hinunter in die so genannten Katakomben, wo sich die Umkleideräume befanden. Aus der Kabine, an deren Tür ein Pappschild mit dem Namen des Meisters befestigt war, ertönte lautes Stimmengewirr, Lachen und das Knallen von Sektkorken. An der Tür standen zwei Boxer aus Brinkmeiers Team als Wächter, um Unbefugten den Zutritt zu verweigern. Wir drängten uns durch eine Traube von Autogrammjägern bis zur Tür durch, die Posten erkannten mich und ließen uns eintreten. Der große Raum war drangvoll angefüllt mit Presseleuten, Freunden und Verwandten des Boxers und Prominenten aus Politik, Film und Fernsehen. Natürlich fehlten auch die Vertreter der Halbwelt nicht, die immer bei wichtigen Boxkämpfen anwesend sind. Die Jungs aus dem Milieu, wie man in Köln sagt.

Sie alle umringten den Sieger, der gerade von einem Fernsehteam interviewt wurde. Er saß lässig auf seiner Massagebank und ließ seine Beine herunter baumeln. Um seine Schultern hing der soeben gewonnene riesige Lorbeerkranz, und um die Hüften trug er den prächtig verzierten Meistergürtel. In einer Hand hielt er einen Strauß weißer und roter Nelken. Die waren mit einem gleichfarbigen Band gebunden, auf dem das Stadtwappen von Köln zu sehen war. Das zeigte, dass auch die Stadt Köln stolz auf ihren Meister war. In der anderen Hand hielt er eine Flasche Nobelsekt, aus der er regelmäßig einen kleinen Schluck zu seiner Erfrischung nahm. Sein Gesicht zeigte kaum Kampfspuren. Lachend, freundlich und ohne jeden Dünkel beantwortete er die Fragen des Reporters. Er war genau der Typ von Sieger, den das Publikum sehen wollte: jung, gut aussehend und glücklich strahlend.

Wir hielten uns eine Weile in der Kabine auf. Bis das Fernsehen seine Aufnahmen beendete, hatte ich Gelegenheit, meinen Freund auf Prominente aus Welt und Halbwelt aufmerksam zu machen. Dann übermittelten wir Horst unsere Glückwünsche, die er mit ehrlicher und ungespielter Freude entgegennahm. Das Gedränge war mittlerweile so groß geworden, dass wir beschlossen, uns zu verabschieden.

Als wir über den langen Flur nach draußen gingen, kamen wir auch an der Tür vorbei, an der das Pappschild mit dem Namen des Herausforderers befestigt war. Ich wollte meinem Freund auch einmal die Kehrseite der Medaille zeigen, und so schob ich die nur angelegte Tür auf und wir gingen hinein. Im Raum war es ganz still, ich glaubte schon, dass niemand dort wäre. Doch dann sah ich den unterlegenen Boxer. Auch er saß auf der Massagebank und ließ seine Beine baumeln. Das war aber auch die einzige Parallele zum Sieger. Ich hatte schon des öfteren die Kabinen von unterlegenen Boxern gesehen und kannte die Atmosphäre aus

Horst Brinkmeier, Deutscher Meister der Profiboxer im Weltergewicht 1971–1973, 1975 und 1976

Enttäuschung, Frust und Niedergeschlagenheit, die dort herrscht, aber dieser Anblick hier war in seiner Trostlosigkeit einmalig. Der Frankfurter war völlig allein in dem in seiner Verlassenheit kalt und feindlich wirkenden Raum. Er saß mit dem Rücken an die Wand gelehnt, über seinen Kopf und um seine Schultern hatte er ein Badetuch gehängt. Er war noch im Kampfdress, nur die Handschuhe hatte man ihm im Ring ausgezogen. Noch nicht einmal die mit breitem Klebeband um seine Hände befestigten Bandagen hatte man ihm aufgeschnitten. Ein paar abgeknickte Nelken, die der Meister im Ring aus seinem städtischen Ehrenstrauß gerissen und ihm in die Hand gedrückt hatte, lagen neben ihm. Eine Flasche Mineralwasser ersetzte den Sekt.
Als er uns eintreten hörte, hob er den Kopf und schob das Handtuch ein wenig zurück. Er sah schlimm aus. Das ganze Gesicht geschwollen, die Lippen aufgeplatzt und ein Auge war fast gänzlich hinter einer Schwellung verschwunden, die groß wie ein Hühnerei war. Dieses zerschundene Gesicht drückte so viel traurige Einsamkeit und blanken Weltschmerz aus, dass mich das Mitleid wie eine Welle überflutete.
Er sah uns eine Weile abwechselnd an, bis er beide Arme in einer hilflosen Geste hoch hob und sie dann resigniert wieder sinken ließ: »Ich hab gegeben, was ich konnte, habe alles versucht – mehr war einfach nicht drin.«
Man merkte ihm an, dass er nach Trost und Anerkennung regelrecht hungerte. Irgendetwas brauchte er jetzt, um sich daran geistig festzuklammern und sich ein wenig aufzurichten. Ich beeilte mich, ihm zu sagen: »Sie haben gut und tapfer gekämpft. Die ersten Runden waren doch ausgeglichen, ich habe Sie sogar in Runde eins und drei als Rundensieger gesehen.« Nach einer kurzen Pause, in der mich sein relativ unversehrtes Auge fast glücklich anstrahlte, fügte ich noch hinzu: »Dann der rechte Aufwärtshaken zum Schluss der 4. Runde – damit hatten Sie ihn voll getroffen und hart durchgeschüttelt. Es war schade für Sie, dass in dem Augenblick der Schlussgong für diese Runde kam, sonst hätten Sie den Meister noch in Bedrängnis gebracht.«
Bei meinen Worten hatte er sich aufgesetzt. Er sah mich immer noch dankbar an: » Ja – das stimmt. Sie haben es also auch gesehen. Ich hatte ihm mit der Linken die Deckung heruntergezogen und dann kam mein rechter Hammer.«
Während er sprach, führte er uns diese kurze, für ihn so gelungene

Kampfszene noch einmal mit den Fäusten durch die Luft schlagend vor. »Sie haben es also auch gesehen, da hätte ich ihn fast gehabt«, wiederholte er.

»Werdet ihr das auch so morgen in eurem Bericht schreiben?«, fragte er und sah mich erwartungsvoll an.

Erst verstand ich den Zusammenhang seiner Worte nicht, doch dann wurde mir alles klar. Die Frage meines Freundes mit einer Handbewegung unterdrückend, sagte ich ihm: »Nun, das ist doch selbstverständlich, diesen Haken und auch der Mut, mit dem Sie den Kampf geführt haben, hat doch jeder bemerkt, und dies wird auch morgen so in der Presse zu lesen sein.«

Er gab sich mit meinen Worten zufrieden. Ein Leuchten ging über sein gezeichnetes Gesicht, dem ein kleines Schmerz verzerrtes Lächeln folgte. Neben ihm lag eine Schere. Ich nahm sie mir und schnitt ihm die Bandagen von den Händen. Das wurde von ihm mit einem weiteren, dankbaren Lächeln quittiert.

Ehe wir dann den Raum verließen, konnte ich mir die Fragen nicht verkneifen: »Warum sitzen Sie denn hier ganz alleine? Wo ist Ihr Sekundant? Wo ist Ihr Betreuer? Aber vor allem, wo ist Ihr Manager?«

Er winkte ab, und während ein bitterer Zug um seinen Mund spielte, sagte er leise: »Mein Manager lebt in Frankfurt, er hatte angeblich keine Zeit, aber ich glaube eher, er fand es wohl nicht mehr wert, hier hin zu kommen. Den Sekundanten habe ich vom Veranstalter vermittelt bekommen. Der ist sofort nach Hause gefahren, als ich ihm nach dem Kampf die vereinbarten 250 Mark gegeben hab. Für einen eigenen Trainer oder Masseur reichen meine Kampfbörsen schon lange nicht mehr aus. Darum sitze ich jetzt hier alleine.« Mit einem Blick auf seine von den Bandagen befreiten Hände fügte er hinzu: »Dank ihrer Hilfe kann ich ja jetzt duschen gehen. Danach werde ich dann heim nach Frankfurt fahren.«

Die Hoffnungslosigkeit, die in diesen Worten mitschwang, bewegte mich sehr. Um unser Unbehagen zu überspielen, verabschiedeten wir uns dann mit ein paar belanglosen Worten und gingen schnell hinaus. Draußen auf dem Gang fragte mich mein Freund: »Was sollte dieses Gerede eben mit der Presse und so?«

Erstaunt über so viel Unverständnis, antwortete ich ihm ein wenig gereizt: »Der arme Teufel hat geglaubt, wir wären Reporter, die ein Interview mit ihm machen wollten. Hätte ich ihn aufklären, ihn berichtigen, ihm die Wahrheit sagen sollen?«

Die Wahrheit, dass wir nur zwei neugierige Besucher waren? Ich hatte dazu weder die Kraft noch den Mut. Das hätte ihm doch gnadenlos klar gemacht, dass sich für ihn und seine Probleme niemand mehr interessiert, denn er war ja nur der – Verlierer.

DIE WUNDERSAME HEILUNG MEINER BACKENZÄHNE

Geschätzte Leserin, geschätzter Leser, in der nachfolgenden Geschichte erwähne ich zum ersten Mal öffentlich die wundersame »Heilkraft«, über die mein Körper im Kieferbereich verfügt. Wenn ich auch selbst an dieser Tatsache starke Zweifel hege, so wurde sie mir doch von zwei Spezialisten aus dem Dentalbereich eindeutig bestätigt. Diese Erklärungen erhielt ich völlig unabhängig voneinander im Abstand von mehreren Jahren. Natürlich habe ich auch meine Krankenkasse davon in Kenntnis gesetzt, wie Sie aus dem nachfolgenden Schreiben ersehen können. Doch lesen und urteilen Sie selbst:

An die Techniker Krankenkasse Köln
5. April 1996

Sehr geehrte Damen und Herren,

der Presse habe ich entnommen, dass die Zuschüsse zum Zahnersatz, die sie an Ihre Mitglieder auszahlen, einer bestimmten Regelung unterliegen. Sie sollen sich danach richten, wie oft der Versicherte zu Vorsorgeuntersuchungen bei seinem Zahnarzt erschienen ist. Das heißt, dass der, der diese Untersuchungen am regelmäßigsten hat vornehmen lassen, auch das meiste Geld erhält. Nach dieser Lektüre erfasste mich ein großer Schreck und etwas später sogar eine kleine Panik. Da ich in diesem Augenblick allein zu Hause war, sprach ich mich in Ermangelung eines anderen Gesprächspartners selbst an: »Du«, sagte ich zu mir (ich duze mich nämlich, wenn ich mit mir selbst rede, wäre ja Quatsch Sie zu sagen, wo ich mich doch schon so lange kenne). Ich sagte also: »Da hast du aber schlechte Karten, du warst in deinem Leben ja nur zweimal bei einer Vorsorgeuntersuchung, da wirst du aber wenig an Zuschuss bekommen.« Zerknirscht und mit schlechtem Gewissen gab ich mir Recht.

Nun ist es aber nicht so, dass ich eine Zahnbehandlung brauchte. Nein, im Moment habe ich eigentlich überhaupt keine Beschwerden. Aber die könnten ja noch kommen, man weiß ja nie. Darum griff ich zur Feder, um Ihnen die Geschichte der wundersamen Heilung meiner Backenzähne zu berichten.

Ich war 19 Jahre alt, frisch verliebt und saß mit dem Mädchen meiner Träume auf einer Bank am Rheinufer. Ich war so verknallt, das ich einfach alles an ihr schön fand. Ich schwärmte von ihren Augen, ihrer Nase, und als ich mit meiner Süßholzraspelei bei ihrem Mund ankam, konnte es ja nicht ausbleiben, dass ich ihre wirklich schönen Zähne in den höchsten Tönen pries. Geschmeichelt gab sie mir zur Antwort, dass ihre Zähne ihr ganzer Stolz wären. Dass sie sie äußerst sorgfältig pflegen würde und regelmäßig die Vorsorgeuntersuchungen bei ihrem Zahnarzt einhielte.

Als sie nach einer intensiven Hinterfragung dann endlich aus mir herausgepresst hatte, dass ich zum letzten Mal als 12-Jähriger eine Zahnuntersuchung beim Schularzt hatte, schlug sie verzagt die Hände über dem Kopf zusammen. Aufgeregt lamentierte sie: »Mein Gott, bist du leichtsinnig. Willst du denn mit 30 Jahren schon ein Gebiss tragen?« Dabei schaute sie mir misstrauisch in den Mund, so als wolle sie prüfen, wie weit der Zahnverfall schon fortgeschritten wäre. Scheinbar hielt es sich noch in Grenzen, denn sie schien sich wieder zu beruhigen. Dann sagte sie mir in einem Tone, der keinen Widerspruch zuließ: »In der nächsten Woche habe ich einen Termin bei meinem Zahnarzt. Da werde ich dich einfach mitnehmen, damit er deine Zähne gründlich untersuchen kann.«

Als dieser Tag der Wahrheit heranrückte, war ich immer noch verliebt, und diese Verliebtheit half mir, meine Angst vor Zahnärzten zu überwinden. Folgsam begleitete ich meine Freundin, um mir meine Zähne checken zu lassen. Mein Unbehagen hinter einem gleichgültigen Gesichtsausdruck verbergend, betrat ich das Behandlungszimmer. Der Zahnarzt war ein Ruhe und Freundlichkeit ausstrahlender Herr in mittleren Jahren. Er hatte ein kleines Bäuchlein und eine Stirnglatze, auf die er eine goldumrandete Brille geschoben hatte. Höflich, aber bestimmt verfrachtete er mich auf seinen Behandlungsstuhl. Kaum hatte er seine ersten Blicke in meinen Mund geworfen, da war es mit seiner Jovialität vorbei. Er wirkte plötzlich ernst und besorgt, und seine Augen, die mich forschend musterten, verrieten, dass Unbill im Anzug war. Dann setzte er sich etwas theatralisch auf die Lehne

des Behandlungsstuhles und schaute mit von Sorgen zerfurchter Stirn auf mich herunter. Nach einer wirkungsvollen Pause, in der ich immer nervöser wurde, sagte er zu mir: »Junger Mann, das wurde aber auch die allerhöchste Zeit, dass Sie zu dieser Untersuchung gekommen sind.« Er nahm einen Chrom blitzenden Metallspatel, den er noch immer in meinem Mund liegen hatte, heraus und klopfte mir damit von außen in Höhe des Unterkiefers gegen meine linke Wange. ›Da unten links«, fuhr er fort, »da unten links, da sitzen zwei Backenzähne, die sehen ziemlich böse aus. Wenn wir die nicht ganz schnell ausbohren und mit guten Plomben versehen, sind die nicht mehr zu retten. Außerdem greift so eine Geschichte schnell um sich und macht auch die Nachbarzähne krank.«
Meine schon erwähnte Angst vor einer Zahnbehandlung, bis jetzt noch mühsam unterdrückt, versetzte mich schlagartig in Herzklopfen und Schweißausbrüche. In Sekundenschnelle erfand ich ein paar Dutzend Ausreden, warum die Bohrungen nicht sofort ausgeführt werden konnten. Der Doktor schaute mich gekränkt und ein wenig beleidigt an und nannte mir widerwillig einen späteren Zeitpunkt. Ich aber verließ voller Erleichterung erst seinen Stuhl und dann später auch seine Praxis.
Zu meiner Schande muss ich gestehen, dass ich, wegen meiner Phobie vor Zahnärzten und dem Umstand, dass ich keine Beschwerden hatte, den neuen Termin nicht einhielt. Zuerst hatte ich noch ein schlechtes Gewissen, aber irgendwann hatte ich die Angelegenheit so weit verdrängt, dass ich sie schließlich vergaß.
Nun mache ich in meiner Erzählung einen Zeitsprung von etwa fünf Jahren. Ich war mittlerweile 24 Jahre alt und wieder einmal unsterblich verliebt. Meine neue Angebetete war blond und blauäugig, und wenn sie lachte, blitzten ihre herrlich weißen Zähne wie bei einem Model für Zahnpastareklame. Natürlich war auch sie stolz auf ihre Zähne, und natürlich hielt auch sie alle Vorsorgetermine genau ein. Nacktes Entsetzen entstellte ihr hübsches Gesichtchen, als sie erfuhr, was für ein Zahnarztmuffel ich war. Zärtlich, aber mit kompromissloser Strenge schleppte sie mich zu ihrem Zahnarzt. Meine Verliebtheit besiegte auch diesmal wieder meine Angst, und ich ließ mich willig verschleppen.
Der Zahnarzt, ein sportlicher Typ, Mitte dreißig, groß, schlank und sehr gut aussehend (so beschrieb ihn jedenfalls meine Freundin mit leicht verklärtem Blick), schaute mir mit Lampe und Spiegel in den Mund. Sein strahlendes Lächeln erlosch. Sorgenfalten krausten nun auch seine Stirn. Einige

Sekunden schaute er mich erschüttert an, dann seufzte er tief, schüttelte seinen Kopf und sagte: »Oh je – oh je, oh je.«

Von bösen Ahnungen gepackt, rutschte ich noch tiefer in den Behandlungsstuhl und sagte zerknirscht und kleinlaut: »Ja, ja, die Backenzähne«.

Der »sportlich, gut aussehende« Doktor schaute mich verwirrt an: »Also schon Beschwerden, kann ich gut verstehen. Es war höchste Zeit, dass Sie gekommen sind. Da oben rechts, da sind drei Burschen, die warten dringend darauf, ausgebohrt und plombiert zu werden. Ich hoffe, ich kann die Zähne noch retten.«

Während der Untersuchung und der anschließenden, in vorwurfsvollem, mahnenden Ton gehaltenen Erklärung war ich tiefer und tiefer gerutscht. Nach dem letzten Satz des Zahnarztes schoss ich geradezu in die Höhe und saß plötzlich kerzengerade in seinem Stuhl. »Ooben reeechts«?? fragte ich ungläubig. »Und unten links, was ist mit den Backenzähnen los?«

Jetzt hatte ich ihn wohl überrascht, denn er schluckte und wirkte ziemlich irritiert, ehe er mir erst in die Augen und dann noch einmal in den Mund schaute. Als er sich wieder aufrichtete, krausten Unmutsfalten seine Stirn, mit unüberhörbarem Tadel sagte er: »Was soll mit den Zähnen unten links denn sein? Die sind völlig gesund, und die lassen wir erst einmal in Ruhe. Wir wollen die Krankenkasse ja nicht unnötig belasten.«

Dann wandte er sich ab und hantierte brummelnd mit seinen Instrumenten. Meine Begabung, Ausreden zu erfinden, rettete mich auch diesmal wieder, bevor der Bohrer in Gang gesetzt wurde, vom Folter-, eh Pardon, ich meine natürlich vom Behandlungsstuhl.

Da in den vergangenen fünf Jahren meine doch so bös aussehenden Backenzähne unten links auf wundersame Weise wieder gesund geworden waren, hoffte ich nun auf ein zweites Wunder. Ich versäumte den angesetzten Behandlungstermin und ignorierte auch die darauf folgenden Erinnerungsschreiben. Weil ich von keinerlei Beschwerden an die »kranken« Burschen in meinem Gebiss erinnert wurde, putzte ich mir weiterhin brav zweimal am Tag meine Zähne. Mit der Zeit vergaß ich die ganze Angelegenheit dann mehr und mehr.

Nun kommt der dritte und letzte Zeitsprung in meiner Geschichte, und diese Episode spielt in der Gegenwart.

Ganz durch Zufall sah ich vor kurzem erst die eine und dann nur ein paar Tage später die andere meiner Freundinnen von einst wieder. Wir waren

wohl damals nicht im Streit auseinandergegangen. Oder aber die Zeit hatte ihren Mantel des Vergessens über etwaige Verstimmungen ausgebreitet. Denn beide schienen sich echt über unser Wiedersehen zu freuen. Die Freude leuchtete aus ihren Augen, aber sie ließ sich noch besser an ihrem strahlenden Lächeln erkennen, mit dem sie mir ihre schneeweißen, blitzenden Zähne präsentierten. Beide Treffen verliefen fast identisch. Wir befanden, dass ein Wiedersehen nach so langer Zeit einen würdigen Rahmen brauchte, und so setzten wir uns in ein Café, um bei einem Kännchen Kaffee von der Vergangenheit zu träumen. Natürlich musste ich die Fotos ihrer Familien und ihrer Kinder bewundern. Bei diesem angeregten Meinungsaustausch und den vielen Fragen, die alle mit »Weißt du noch?« anfingen, konnte ich aber bald feststellen, dass ihre herrliche, wohl gepflegte Zahnpracht ihre dritten Zähne waren.
Nach dem Treffen mit meiner zweiten Freundin war ich nach Hause gegangen und hatte mir im Spiegel meines Badezimmers die eigenen Zähne angeschaut. Schneeweiß waren sie nicht, auch nicht so schön gleichmäßig geformt wie bei meinen Ehemaligen. Aber gesund waren sie alle. Alle 32 Stück, einschließlich aller Backenzähne, egal, wo sie sich befanden. Ich glaubte fast, dass die bösen zwei unten links und die drei ganz schlimmen oben rechts mich in ganz besonders weiß-gelber Gesundheit ansahen. Zufrieden habe ich daraufhin erst meinen Mund und dann die Badezimmertür geschlossen. Ging in mein Arbeitszimmer und setzte mich an meinen Schreibtisch, um Ihnen diesen Brief zu schreiben.
Ach ja – ich vergaß, mein Alter bei diesem dritten Zeitabschnitt meiner Geschichte zu nennen. Nun, ich werde in einem Monat 60 Jahre alt. Das heißt also, dass ich seit mehr als 35 Jahren nicht mehr beim Zahnarzt war. Das sind 70 versäumte Arzttermine. Ich überlasse es nun Ihren Fachleuten auszurechnen, wieviel Geld Ihre Kasse dadurch eingespart hat. Bitte, vermerken sie diese Tatsachen, wenn möglich auch die Höhe der errechneten Summe, wohlwollend in meinen Akten. Vielleicht bekomme ich dann, wenn es irgendwann einmal nötig werden sollte, doch einen angemessenen Zuschuss zu meinen dritten Zähnen.
So – nun möchte ich die Geschichte meiner wundersamen Zahnheilungen abschließen. Ich hatte bis jetzt noch nie darüber gesprochen, denn ich befürchtete, dass die wohl einmalige Begabung oder Fähigkeit meines Körpers erkrankte Zähne zu heilen, mir die Neugier der Fachwelt und eine Menge von unangenehmen, wissenschaftlichen Untersuchungen einbringen

würde. Krank, das heißt stark angefault müssen meine Zähne ja gewesen sein. Denn zwei grundsolide und vertrauensvoll wirkende Zahnärzte können sich in ihrer Diagnose wohl kaum irren.
Als meine innere Stimme (die, mit der ich per Du bin) damit begann, mir einzureden, dass man meine gesunden Zähne nur des Honorars wegen anbohren wollte, bin ich aber energisch geworden. Ich habe ihr sofort verboten, mir weiter so böswillige Unterstellungen einzuflüstern. Darum bleibe ich bei meiner ersten Erkenntnis und glaube auch weiterhin an ein Wunder.

Ihr Kassenmitglied M. aus K.

MILLENNIUM 2000

Das Jahr 1999 neigte sich langsam dem Ende zu und mit ihm ein ganzes Jahrhundert. Ein Jahrhundert, das der Welt und ihren Bewohnern so viel Gutes gebracht hatte. Was haben diese hundert Jahre doch an Erfindungen, Entdeckungen und neuen Kenntnissen in der Medizin und allen Bereichen der Technik beschert. Es hätte in ein glückliches, neues Zeitalter führen können. Aber leider war es auch ein Jahrhundert, das der Menschheit unsägliches Leid, Not und Elend brachte. Nicht ein Jahr war vergangen, ohne dass irgendwo auf dem Erdball ein Krieg getobt hätte. Ihr Allgemeinwissen hatten die Menschen in einem vorher nie da gewesenen Umfang vergrößert, aber miteinander in Frieden zu leben, das hatten sie immer noch nicht gelernt.

Da die kommende Silvesterfeier nicht nur ein Jahrhundert, sondern sogar ein Jahrtausend abschloss, waren das Interesse und die Erwartungen auf dieses Ereignis riesengroß. Seit Monaten geisterte nun ein Begriff durch alle Lebensbereiche, war in allen Medien zu einem oft wiederholten Bestandteil geworden: »Millennium 2000.« Je mehr das Jahr sich seinem Abschluss näherte, umso intensiver wurde die Berieselung der Bevölkerung mit diesem Begriff. Es gab kein Kaufhaus mehr ohne Verkaufstände mit Gläsern, T-Shirts, Kerzen oder sonstigen Waren mit aufgedrucktem, eingebranntem oder graviertem »Millennium«. Keine Fernsehshow oder Radioreportage schien mehr ohne den Slogan auszukommen. Man konnte dieser Tiraden wirklich überdrüssig werden. Doch nicht genug, dass man in der Öffentlichkeit ständig mit dem »Millennium« konfrontiert wurde, auch im privaten Kreis setzte sich diese Masche fort. Keiner sagte mehr Silvester, denn das neue Wort war »in«, und wenn man selbst auch »in« sein wollte, so musste man es gebrauchen. Traf man Verwandte oder Freunde, dauerte es nicht lange, bis man mit der Frage gelöchert wurde: »Was macht ihr am Millennium?« Ehe

man auf die Frage antworten konnte, wurde man schon überschüttet mit allen Einzelheiten der tollen und möglichst ausgefallenen »Millenniumsfeier«, die der Fragesteller für sich ausgesucht hatte. Man bekam astronomisch hohe Eintrittspreise genannt. Erfuhr, dass Abendgarderobe auf dieser Veranstaltung obligatorisch war, und dass die Frau Gemahlin sich extra für diesen Tag ein sündhaft teures Kleid gekauft hatte.
Bald festigte sich in mir der Eindruck immer mehr, je höher die Preise und Kosten waren, umso stolzer war der Ton, in dem sie einem mitgeteilt wurden. Wenn ich dann sagte, dass bei uns gar keine besonderen Arrangements getroffen würden und ich dieses Silvester mit meiner Frau und einigen lieben Freunden nicht anders feiern möchte als die anderen zuvor, erntete ich verständnislose, oft sogar mitleidige Blicke. Ich lächelte dann ebenso mitleidig zurück und dachte mir meinen Teil. Dabei müsste ich sehr gespannt sein auf dieses Spektakel, wurde mir doch schon vor 54 Jahren von diesem damals noch im Nebel unbekannter Zukunft verborgenen Ereignis berichtet.
Als ich zum ersten Male von der Jahrtausendwende hörte, war ich ein kleines, unterernährtes Kerlchen von neun Jahren. Ich lebte damals bei meinen Großeltern. Mein Vater war in französischer Kriegsgefangenschaft, und meine Mutter hatte noch keinen Ersatz für unsere von englischen Brandbomben zerstörte Wohnung gefunden. Sie lebte bei einer Freundin, deren Wohnung der Krieg zum Glück nicht völlig zerstört hatte. Für uns beide aber reichte der Platz nicht aus, und deshalb wohnte ich bei den Eltern meiner Mutter.
Es war ein kalter Wintertag am 31.12.1945, dem ersten Silvester in der noch ungewohnten neuen Friedenszeit. Ich saß zusammen mit Oma und Opa in der Wohnküche um den Küchentisch herum. Den hatten wir ganz nahe vor den bullernden und behagliche Wärme ausstrahlenden Ofen geschoben. In ihm verbrannte knisternd und prasselnd Holz, das wir in den Trümmern zusammengesucht hatten. Da Kerzen und Petroleum äußerst schwer zu beschaffen waren, hatten wir die Ofentür weit geöffnet. Der flackernde Schein des Feuers war nun unsere einzige Lichtquelle, die ein wenig Helligkeit in den Raum brachte. Lesen oder malen durfte ich bei diesem diffusen Licht nicht. Es wäre schädlich für meine Augen, hatte Großmutter gesagt. Das elektrische Licht funktionierte noch nicht wieder, denn die im Krieg zerstörten Elektrizitätswerke lieferten noch keinen Strom. Da es mit Batterien gespeiste Kofferradios damals noch nicht gab,

konnten wir auch kein Radio hören. Trotzdem waren diese Abende nie langweilig, sondern ich liebte sie und sie sind noch heute eine wunderbare Erinnerung für mich. Eine Erinnerung an Geborgenheit und an die liebevolle Zuneigung, die mir meine Großeltern entgegen brachten.
Großmutter, die dem Ofen am nächsten saß, strickte aus irgendwelchen Wollresten Strümpfe oder Fausthandschuhe für Opa und mich. Für ihre Augen war das Licht mindestens genau so schädlich wie für meine, aber auf unsere diesbezüglichen Andeutungen meinte sie: »Ach, papperlapapp, fürs Stricken reicht das Licht, da mache ich doch viel mehr mit den Händen als mit den Augen.« Sie handhabte ihr Strickzeug wirklich sehr geschickt, die Nadeln klapperten wie von selbst, und sie schaute nur dann und wann zur Kontrolle hinauf. Großvater rauchte seine alte Tonpfeife. Die war einmal schneeweiß gewesen und hatte einen etwa 25 Zentimeter langen, elegant geschwungenen Stiel. Doch nun war sie schon ziemlich alt und vom Rauch und Nikotin tiefbraun verfärbt. Der so schön geschwungene Stiel war höchstens noch halb so lang, weil Opa des öfteren zu fest zugebissen hatte und Stücke davon herausgebrochen waren. Diese »Äde Mutz«, wie Großvater sie nannte, war sein treuer Begleiter in allen Lebenslagen.
Was mir diese langen Winterabende unvergesslich machte, waren Großvaters Geschichten. Sie waren das beste Mittel, um die Langeweile zu vertreiben. Wenn wir so gemütlich zusammen saßen, brauchte ich nie lange zu betteln, bis er irgendetwas vorzutragen begann. Er kannte viele alte Gedichte und Balladen auswendig und rezitierte sie gekonnt. Meine Lieblingsgedichte, die ich gar nicht oft genug hören konnte, waren »Der blinde König«, »Johanna Sebus« und »Nis Randers«. Er war auch ein ausgezeichneter Erzähler und schaffte es immer, meine Fantasie mit seinen Berichten zu wecken. Ich ließ mich nur zu gerne in die Welten entführen, in denen sich die Geschichten abspielten, die er gerade zum Besten gab. Er schlug mich immer wieder in seinen Bann, und ich hörte ihm oft atemlos zu. Manchmal waren es Märchen, ein anderes Mal Erlebnisse aus seinem Leben. Immer wieder baute er Melodien in diese Geschichten ein. Die Lieder von Willi Ostermann, Volkslieder oder Lieder aus Operetten. Opa war ein großer Verehrer von Operetten und Wienerwalzern. Er spielte sie auf einem der vielen Instrumente, die er mehr oder weniger gut beherrschte. Oft sang Oma dann die Texte mit ihrer schönen Stimme leise mit.

Der Silvesterabend, den wir damals zusammen verbrachten, hatte ihn natürlich an andere Silvester erinnert, und so blieb es gar nicht aus, dass er mir davon berichtete. Er erzählte mir an diesem Abend von dem Jahreswechsel, der ihm am besten gefallen und ihn am meisten beeindruckt hatte. Es war die Silvesternacht von 1899 in das Jahr 1900, in der auch ein ganzes Jahrhundert zu Ende ging.

Zu Beginn seiner Geschichte hatte er mich erst einmal zu Tode erschreckt.

Als er mir von dem riesigen Feuerwerk berichtete, mit dem die Kölner Bürger das neue Jahrhundert begrüßt hatten, war ich blass geworden und hatte mich Schutz suchend, ängstlich an meine Großmutter gedrängt. »Haben sie vorher Christbäume abgeschmissen?«, fragte ich mit bebender Stimme.

Opa reagierte erstaunt auf meine Angst und sah mich verständnislos an, bevor er fragte: »Chriiistbäume???«

Großmutter aber hatte sofort den Grund meiner Panik erkannt: »Das Kind meint die Christbäume, die uns die ›Tommys‹ im Krieg beschert haben.«

Da verstand auch Opa die Gründe für mein Verhalten und meine Angst. Er kam um den Tisch herum, nahm mich in seine Arme und sagte beruhigend, aber mit einem tiefen Ernst in seiner Stimme: »Diese Christbäume, vor denen du mit Recht eine solche Angst hast, waren das nicht, und die gibt es auch heute nicht mehr. Niemals wieder werden Menschen sich so etwas antun. Nie wieder wird man Bomben auf unschuldige Zivilisten, auf Frauen und Kinder werfen.«

Sicher glaubte er damals, so kurz nach dem blutigsten aller Kriege, ganz fest an seine Worte. Bestimmt war er der Meinung, dass die Menschen aus diesen schrecklichen Ereignissen so viel gelernt hätten, dass es nie wieder zu einem neuen Krieg kommen würde. – Ach, wie sehr hatte er sich doch geirrt.

Ich hatte noch nie ein Feuerwerk erlebt, das nur zur Freude der Menschen veranstaltet wurde. Die »Feuerwerke«, die ich mit erleben musste, dienten nur dem Zweck zu zerstören und zu töten. Als mein Großvater von den bunten Lichtkugeln erzählte, die bei seinem schönsten Silvester zur Erde herunter fielen, hatte mich eine Angst gepackt, gegen die ich mich nicht wehren konnte. Zu tief saßen noch die Schrecken der furchtbaren Terrorangriffe der alliierten Luftstreitkräfte. Genau so wie er es

Alte Schiffsbrücke um 1900

beschrieb, hatten immer die nächtlichen Bombenangriffe auf Köln angefangen.
Ein Vorgeschwader der englischen Luftwaffe (nachts flogen die Engländer die Angriffe auf die deutschen Städte, während die Amerikaner am Tage mit ihren »fliegenden Festungen« bombardierten) überflog die Stadt in sehr großer Höhe. Aus den Maschinen wurden an vorher genau berechneten Stellen rote und grüne Phosphorkugeln abgeschmissen. Die sanken dann ganz langsam mit strahlendem Leuchten auf die Erde hinunter. Diese bunten Kugeln waren eigentlich ein schöner Anblick, doch sobald sie am Himmel aufleuchteten, rannten die Menschen voller Panik und erfüllt von Todesangst in ihre Luftschutzkeller. Denn die Lichtertrauben zeigten den nachfolgenden Bombengeschwadern, die oft aus Hunderten von Flugzeugen bestanden, genau das Areal, in dem sie ihre Tod und Verderben bringende Last abwerfen mussten. Die Kölner hatten diese immer in Gruppen abgeworfenen Leuchtkugeln Christbäume genannt, und sie sahen auch wirklich wie geschmückte Weihnachtsbäume aus.
Als mich Großvater beruhigt hatte, lauschte ich mit großem Interesse seinem Bericht über das Jahrhundert-Ereignis. Er hatte auf der Schiffsbrücke gestanden, die damals Köln mit seinem Stadtteil Deutz verband, und so das riesige Feuerwerk in seinem Mittelpunkt erlebt. Er schilderte mir seine Erlebnisse so realistisch, dass ich glaubte, selbst dabei gewesen zu sein.
Als er seine Geschichte beendet hatte, war ich ganz begeistert und sagte ihm: »Das war ja toll, das war bestimmt super. So was möchte ich auch einmal erleben.«
Er lächelte verschmitzt und antwortete: »Du wirst den Übergang zu einem neuen Jahrhundert erleben, und dann ist es sogar der Wechsel in ein neues Jahrtausend. Du musst nur noch ein wenig warten. So eine ›Kleinigkeit‹ von 54 Jahren, zwei Stunden und zwölf Minuten«, beendete er seinen Satz, während er lachend auf seine Taschenuhr sah.
Ich hatte die Länge der Wartezeit gar nicht begriffen und fiel ihm aufgeregt ins Wort: »Au fein, dann gehe ich mit dir auf die Schiffsbrücke. Wir nehmen Oma mit, denn auch der wird es bestimmt sehr gut gefallen.«
Nach meinen Worten hantierte Oma lachend mit ihrem Strickzeug, aber Opa beugte sich zu mir herüber: »Daraus wird wohl nichts werden, an diesem Silvesterabend bist du schon fast 64 Jahre alt. Oma und ich, wir

wären dann – warte mal –«, er überschlug schnell im Kopf ihre Geburtsdaten und fuhr dann ebenfalls lachend fort, »Oma wäre dann 108 Jahre und ich sogar 112 Jahre alt. Wenn du auch durch den Krieg kaum zur Schule gehen konntest, so wirst du trotzdem schon wissen, dass wir Menschen so alt nicht werden können. Zu diesem Zeitpunkt sind wir beide schon lange tot, und es werden andere mit dir dort stehen. Deine Mama könnte es vielleicht erleben, sie wäre dann ja ›erst‹ 87 Jahre alt. Dann fügte er noch hinzu: »Ja, und die Schiffsbrücke wird man ganz bestimmt nicht mehr wieder dorthin bauen. Die schönen Brücken Kölns, die heute alle zerstört im Rhein liegen, wird man dann abgeräumt und durch neue, modernere und hoffentlich noch schönere ersetzt haben. Es wird bestimmt eine breite und sehr elegante Brücke sein, auf der du dann stehen wirst und das neue Jahrtausend erwartest.«
Er verstummte für einen Moment und legte einige Holzscheite in den heruntergebrannten Ofen. Als er sich mit einem Seufzer wieder aufrichtete, fuhr er nachdenklich fort: »Wenn du uns dann noch nicht vergessen hast und ganz fest an uns denkst, dann werden wir durch deine Augen das Fest oben im Himmel sehen und miterleben können.«
»Du erzählst dem Kind wieder Sachen, nachher glaubst du selbst noch daran, dass wir in den Himmel kommen«, gab ihm Oma zur Antwort und schüttelte lachend ihren Kopf.
Meine Freude und aller Eifer zerplatzten wie Seifenblasen. Mich interessierte dieses dolle Ereignis, das damals noch keiner »Millennium« nannte, überhaupt nicht mehr. Ohne meine geliebten Großeltern zu sein, sie an den Tod zu verlieren, war eine so schreckliche Vorstellung für mich, dass ich die Gedanken an die Jahrtausendwende sofort aus meinem Kopf verbannte.

Doch man kann das Rad der Zeit nicht festhalten, und so sind auch diese 54 Jahre vergangen. So schnell, dass ich es nicht glauben kann und mir ist, als wären sie davongeflogen.
Opa hatte natürlich Recht mit seinen Prognosen, dass andere Menschen an meiner Seite wären, wenn ich diesen Jahrtausendwechsel erleben würde. Meine Großeltern sind schon lange nicht mehr unter uns, und meine verehrte Mama durfte sogar nur 56 Jahre alt werden.
Nun liegt dieses so aufwendig angekündigte und die Menschheit so sehr beschäftigende Ereignis »Millennium« schon wieder lange hinter uns

und beginnt im Meere des Vergessens zu versinken. Es war eigentlich nicht viel anders verlaufen als die Silvester, die ich vorher erleben durfte. Ich war nur, bei aller Fröhlichkeit und Ausgelassenheit, die mich umgab, von einer leichten Sentimentalität und Traurigkeit erfüllt, deren Ursache verschiedene Gründe hatte. In die Wehmut, die ich bei den Gedanken an meine viel zu früh verstorbenen Großeltern und meine Mutter empfand, mischte sich die bange Frage, wie viele Silvester ich wohl noch erleben dürfte.

Ich war den dreien in dieser Nacht sehr nahe und hatte intensiv an sie gedacht. Vielleicht konnten sie wirklich von irgendwoher dieses Ereignis mit anschauen. Vielleicht durch meine Augen, so wie Großvater es mir damals erzählte. Denn ich hatte in diesen letzten Minuten des alten Jahrhunderts und den ersten des neuen Jahrtausends in das von ungezählten bunten Lichtern erfüllte Himmelszelt hinauf gesehen. Plötzlich verblasste dieses gleißende, in allen Farben erstrahlende Firmament. Der Lärm der jubelnden Menschen und der explodierenden Raketen und Böller wurde leiser und trat in den Hintergrund, und vor meinem geistigen Auge entstand das Bild der kleinen, von einem bullernden Ofen beheizten Wohnküche. Sie war mit warmem, goldenen Licht erfüllt, ich fand darin menschliche Wärme und Nächstenliebe, aber vor allem eine Zufriedenheit, wie man sie in der heutigen Zeit nicht mehr kennt. Und es war mir dann, als ob ich die Stimme meines Großvaters hören würde, der mir in seinem gemütlichen Kölschhochdeutsch sagte:

»Siehste Jung, ich hab et dir ja immer jesacht, dat du et schaffst, in dat neue Jahrtausend hinein zu kommen.«

HEINZ MONHEIM

Spannende Geschichten
aus dem Nachkriegs-Köln

Vier Bücher umspannt inzwischen das Werk von Heinz Monheim, der mit seinen, in weiten Teilen auf eigenen Erlebnissen beruhenden Geschichten, das Köln der Kriegsjahre und der Nachkriegszeit wieder aufleben lässt.
Aus der Sicht von Kindern und Jugendlichen beschreibt der Autor die von Armut und Mangelwirtschaft geprägte Zeit, die Improvisationsvermögen und kindlichen Wagemut geradezu herausgefordert hat und vor Lebensmut sprüht.

Die spannend erzählten Kindheitserlebnisse des ersten Bandes »Trümmerblumen oder Frebels Karl« bieten eine beispielhafte Darstellung der Verhältnisse nach Kriegsende. Im Industrievorort Kalk meistert eine Kinderbande um ihren Bandenführer Frebels Karl gemeinsam die harte Zeit.

ISBN 3-7616-1163-3

BACHEM geschichten

Der zweite Band beginnt mit der Geschichte der kleinen Margret, die durch Schielen in ihrer Sehkraft stark eingeschränkt und oft Ziel böser Verspottungen ist. Mit Hilfe einer Reiseaktion »Kinder nach Schweden« entkommt das 13-jährige Mädchen nicht nur für einige Wochen dem entbehrungsreichen Leben in Köln sondern gewinnt auch noch liebevolle Freunde, die ihr sogar zu einer Augenoperation verhelfen.

ISBN 3-7616-1390-3

Ein richtiger Abenteuerroman ist der dritte Band Heinz Monheims »Die Autospringer«. Am Beispiel des Lebens Robert Rothmanns erlebt der Leser die letzten Kriegswirren, erhält Einblicke in die Struktur der Schwarzmärkte und lernt die abenteuerlichen »Autospringer von Köln« kennen.

ISBN 3-7616-1469-1

J.P. BACHEM VERLAG
www.bachem-verlag.de